鬼の花嫁五

～未来へと続く誓い～

クレハ

STARTS
スターツ出版株式会社

目次

鬼の花嫁五
～未来へと続く誓い～

プロローグ

多くの国を巻き込んだ世界大戦が起き、その戦争は各国に甚大な被害と悲しみを生み出した。

それは日本も例外ではなく、大きな被害を受けた。

復興には多大な時間と労力が必要とされると誰もが絶望の中にいながらも、ようやく終わった戦争に安堵もしていた。

けれど、変わってしまった町の惨状を見ては悲しみに暮れる。

そんな日本を救ったのが、それまで人に紛れ陰の中で生きてきたあやかしたち。

陰から陽の下へ出てきた彼らは、人間を魅了する美しい容姿と、人間ならざる能力を持って、戦後の日本の復興に大きな力となった。

そして現代、あやかしたちは政治、経済、芸能と、ありとあらゆる分野でその能力を発揮してその地位を確立した。

そんなあやかしたちは時に人間の中から花嫁を選ぶ。

見目麗しく地位も高い彼らに選ばれるのは、人間たちにとっても、とても栄誉なことだった。

あやかしにとっても花嫁は唯一無二の存在。

本能がその者を選ぶ。

そんな花嫁は真綿で包むように、それはそれは大事に愛されることから、人間の女性が一度はなりたいと夢を見る。
あやかしの中で最も強く美しい鬼に選ばれた花嫁はどんな未来を描くのだろうか。
真綿でくるむように愛される生活は楽でいいかもしれない。
けれど、花嫁は人形ではない。
意思を持つ個であり、時にはあやかしの鳥籠を窮屈に思うこともあるだろう。
その時に花嫁はどんな選択をするのだろうか。

1章

まだまだ肌寒い三月。

来月には大学四年生になる柚子(ゆず)は、少し前から料理教室に通っていた。時々玲夜(れいや)のために料理を作っているうちに、レパートリーを増やしたいと思ったのがきっかけだ。

まあ、通っているといっても二週間に一度のペースなのだが。

本当はもっと回数を増やしたいと思いつつもこの頻度なのは、玲夜の最大限の譲歩だったからである。

なにせ料理教室へ入会することに、最初はかなり渋られた。料理を習いたいなら、屋敷の料理人に教えてもらえばいいだろうと。

けれど、自分の我儘(わがまま)で料理人の時間を割いてもらうのは非常に申し訳なかった。

なにせ、柚子と玲夜の食事に加え、使用人たちの三度の食事も手がける料理人は思いのほか仕事が多い。

食事の時間が迫ると戦場さながらの多忙さで、それが終わればやっとひと息つける。

そして、買い出しに出かけて戻ってきたら次の食事の準備とまた忙しくなる。

昼食を作ってから夕食を作るまでの間は料理人もひと息つける時間はあるのだが、昼間は柚子も大学があるので教えてもらう余裕はなく、お互いのことを考えると料理教室に通うのが一番迷惑をかけずに済む方法だった。

最終的には『玲夜のために美味しいものを作ってあげたいの』と、子鬼とともにお願いしてなんとか許可をもぎ取った。

けれど通う料理教室は、先生、生徒ともに男性がいないところを玲夜が探してきた。

実際に探したのは玲夜の有能な秘書である荒鬼高道だろうが、玲夜はいったいなんの心配をしているのか。

柚子にはすでに目を付けていた料理教室があったというのに、そこには男性も通っていた。

玲夜は料理教室で柚子が男と一緒に料理を作るのが許せないらしい。

万が一その男が柚子に好意を寄せたらどうするんだと懇々と諭されたが、そんな簡単にラブストーリーは始まらない。

『かくりよ学園』にも男性はいるのに通うことが許されているのは、鬼龍院の威光が大いに発揮される場所であると同時に、お目付け役となっている一族の分家が目を光らせているからだろう。

あやかしの多く通うかくりよ学園にて、鬼龍院がバックにいる柚子に粉をかける愚か者はそうそういない。

柚子はあきれ果てて自分が望む料理教室を推したが、玲夜は頑なに譲らず、結局柚子が折れることとなった。

通えるだけありがたいと思うしかない。

生徒は若い女性が多く、作るメニューも若者が好きそうなお洒落なものが多かったので、文句を言えない理由のひとつでもあった。

まさに柚子の好みを的確に突いていたのでなんだか悔しい。

そういう経緯で通い始めた女性だけの料理教室で、その日は無花果のドライフルーツを使ったマフィンを作った。

できあがった後は自分で作ったものを食すのだが、先生の指示通り作業しただけあって上手にできた。

『我も我も』

そう言って大きく開ける龍の口に、ひと口大に千切ったマフィンを放り込んでやる。

『美味ぃ』

ゆるゆるに表情を崩す龍はとてもじゃないが霊獣などという崇高な存在には見えないものの、見た目に反してすごいのであると本人が強く主張している。

その昔、一龍斎という一族を護り、名実ともに日本の頂点にまでのし上げたほどの力を持つ霊獣である龍と、玲夜により柚子の護衛のために生み出された使役獣である黒髪と白髪のふたりの子鬼は、いつも柚子とセットである。

出かける時は必ずついてくる。というか、連れていかなければ玲夜から外出の許可は出ないので仕方ない。

そういえば、一龍斎の呪縛から龍が解放され、柚子を加護し始めた影響なのか、一龍斎は悪い意味でニュースの話題にされることが多くなった。

今や昔の栄華は色褪せていっている。

先日、とうとう当主である一龍斎護が一線を退いたと報道にあった。

その裏には玲夜や、玲夜の父親の千夜といった鬼龍院の暗躍があるのを知っている者は少ない。

これまで散々一龍斎にいいように扱われてきた龍は、その報道を見てそれはもう愉快そうに高笑いしていたものだ。

少しは龍の鬱憤も晴らされたのではないだろうか。

残りは持ち帰るために袋に入れ、柚子は帰宅する準備をしていく。それは一緒にいる子鬼が手伝ってくれるので助かる。

他の生徒である女性たちも同じようにエプロンを脱いでいくのだが、その後になぜか念入りなメイク直しが始まった。

もはや恒例となったその儀式に、柚子は苦笑をこらえるしかない。

通い始めた初日はそんな光景はいっさいなかった。けれど、授業が終わり玲夜が柚子を迎えに来てくれたことで一変する。

あらかじめ教室に通うのは土日のどちらかと指定されたのだが、柚子の大学と重ならないようにとの配慮だと思っていた。

けれど、玲夜が柚子を迎えに行くためには土日の方が平日より時間を取りやすいからという、あくまで自己都合な理由だったのである。

玲夜らしいと柚子はいろいろとあきらめた。それに、教室後は決まってデートに連れていってくれるというので柚子としても否やはなかった。

そうして迎えた次の回に、柚子は女性たちに質問攻めに遭う。

あれは誰なのか、彼氏なのか、今日も迎えに来るのか。

それはもう鬼気迫るものを感じた。

とはいえ、玲夜のあの美貌を目の当たりにしてしまえばそれも仕方ない。なにせ、あやかしの中で最も美しいとされる鬼なのだから。

料理教室に通う女性たちの心も一度で鷲掴んだよう。

罪な男である。

そして、玲夜が毎回迎えに来ると知った女性たちは、自分の彼氏というわけでもないのに身だしなみに力を入れ始めたのだ。

ちらりと視線を向ければ、料理を教えてくれる先生までもが手鏡で髪の乱れを確認していて、柚子はなんとも複雑な気持ちになった。

帰る準備を終えて外に出れば、いつものように車から外に出て待ってくれていた玲夜が柚子を見て微笑む。

「ああ、眼福……」

「あの微笑みだけでごはん三杯はいける」

「鼻血出そう……」

「隠し撮りしてポスターを教室前に貼ったら、生徒さん増えるかしら？」

背後から黄色い悲鳴とともにいろいろ聞こえたが、柚子は聞かなかったことにして玲夜の元へ。

「待っててくれてありがとう」

「気にするな」

車に乗り、料理教室を後にする。

すかさず柚子にくっつき、髪に触れる玲夜。

「今日はなにを作ったんだ？」

「今回はスイーツ。玲夜は無花果好き？」

「柚子の作るものならなんでも好きだ」

とろけるような微笑みは柚子だけに向けられる。

それひとつで女性を腰砕けにしそうな微笑には、さすがの柚子も慣れてきた。でも、そんな微笑みは自分だけにしか向けられないものだと思うと、動悸が激しくなってしまう。

「悪いが今日はこのまま屋敷に帰ることになる」

そう言われて柚子は玲夜がスーツを着ていることに今さら気が付いた。

彼がスーツを着るのは仕事の時だ。

「お仕事？」

「ああ。柚子を屋敷に送ったら、俺は会社に出勤だ」

「そっか……」

残念に思いながらも、こればかりは仕方がない。

玲夜は鬼のあやかしのトップに立つ鬼龍院の次期当主であるとともに、日本経済に絶大な影響力を持つ巨大企業グループの社長でもある。

仕事量はとても多く、これまで毎回迎えに来てデートしていたこと自体、かなり無理をして時間を作ってくれているだろうと理解していた。

「じゃあ、これ。後でいいから食べて？」

柚子は今日作ったマフィンを玲夜に差し出す。

するとと、玲夜はすぐに袋から取り出して柚子の前でかぶりついた。

「どう？」

「ああ、美味しい」

柚子の作ったものなら嘘でも美味しいと言うのは分かりきった答えだったが、それでも嬉しかった。

「また作ってくれ」

「うん！」

そっと触れるようにされたキスは、いろんな意味で甘かった。

ゆっくりと離れた玲夜は柚子の頬をひと撫でしてから、足下に置いていた紙袋を渡す。

中にはたくさんのパンフレットが入っていた。それも、すべてウェディングドレスや白無垢といった婚礼衣装が掲載されているもの。

「玲夜、これ……」

「柚子ももうすぐ大学四年。そろそろ結婚式の準備を始めてもいい頃合いだ」

「結婚……」

大学を卒業したらと前々から話をしていた。けれど、こうして準備を始めると言われると急に実感が増してくる。

「嫌か？」

柚子が戸惑っているのをどう判断したのか、そう聞いてくる玲夜に、柚子は勢いよく首を横に振った。

「ううん。その逆。嬉しい」

心からの喜びを噛みしめるようにふわりと微笑んだ柚子に、玲夜も安堵した様子で頬を緩める。

「今度一緒に衣装を見に行こう。オーダーメイドで作っている店だから、そのパンフレットを見てどんなものがいいか考えていてくれ」

柚子はパンフレットをパラパラとめくる。

いろんな色や形のドレスや着物が載っていて目移りしてしまう。

「どうしよう。決めきれないかもしれない」

「ゆっくりでいい。とりあえず実物を見に行ってみよう」

玲夜も嬉しいのだろうか。いつになく明るい声色に、柚子もじわじわと歓喜が湧き上がってくる。

喜びが限界を超えた柚子は玲夜に抱きつき、珍しく柚子の方から頬へキスを贈った。

「楽しみ！」

玲夜は突然のキスに目を見張ったがすぐにふっと小さく笑った。

「柚子がここまで喜ぶとは思わなかったな。できるだけ早く時間を取れるようにする。それまでは忙しくて柚子との時間が取れないかもしれないが我慢してくれ」

「うん。待ってる」

『そんなこと言いおってからに。我慢できないのはそなたの方ではないのか？』

ニマニマとした顔で龍は玲夜に告げる。

きっと核心を突いていた。柚子との時間が減って我慢ならなくなるのは、柚子より玲夜の方が先であろう。

「確かにな」

玲夜は否定することなく、柚子の頬に唇で触れた。

「我慢できなくなる前にできるだけ早く仕事を終えるから待っていてくれ。これでもかなり浮かれているんだ。柚子の婚礼衣装を着た姿を想像してな」

柚子はクスクスと笑う。

「私も玲夜に見てほしい」

「綺麗に決まっている」

そう言って今度は唇に熱くなるようなキスを落とした。

それから玲夜の発言通りに彼は仕事が忙しくなってしまい、屋敷にいる時間がぐんと減った。

けれど、その忙しさも柚子との結婚のためなら文句など言えるはずもない。

むしろ玲夜の仕事が一段落したら結婚に向けての本格的な準備が始まるのかと思う

と、嬉しさとともにそわそわしてしまう。

湧き立つ気持ちを噛みしめてパンフレットを開けば、そこには純白のウェディングドレスからカラードレスに白無垢まであり目移りしてしまう。

来年にはこれを着て玲夜と結婚する。

ぜひともこの喜びを分かち合ってもらおうと、柚子はいつものように子鬼と龍を伴って透子の元を訪れた。

「分かりやすいぐらい浮き足立ってるわね」

幸せオーラを振りまく柚子に、透子はどこか苦笑を押し殺している。

隣に座る東吉もあきれた様子だ。

「だって嬉しいんだもの。透子も見て、パンフレット。このドレスすごくかわいいの」

そう言って、無理やり透子に見せる。

「へぇ、確かにかわいいわね。でも、こっちの方が柚子には似合いそう」

「そうかな？　私はこっちも好きだけど」

なんだかんだ透子も食いついてきて、パンフレットを見ながらふたりであーだこーだと話し合っていると、ふと疑問が。

「そういえば、透子とにゃん吉君はどうするの？」

「なにが？」

柚子の言葉だけでは分からないのか透子は不思議そうに聞き返す。

「なにがって、結婚よ」

「あー」

すると、ばつが悪そうな顔をした東吉を透子はにらみつけた。

不穏な気配を察した柚子は聞いてはいけない話題だったかと不安になる。

十八才になるとともに透子に婚姻届を突きつけた東吉である。それだけ結婚したがっていたのに、今はっきりと結婚を宣言しないとは、もしかして問題が発生したのだろうか。

『そなたらも大学を卒業したら結婚するのではないのか？』

空気を読まない龍がストレートに質問する。

「いや、それがなぁ……」

なんともはっきりしない東吉は視線をうろつかせる。

その時、突然透子がうっと口を押さえて前かがみになった。

「えっ、透子？」

「……吐く」

「えー!?」

急な事態にどうしたらいいかと慌てふためく柚子の前で、東吉は素早く透子の体を抱き上げ、あっという間に部屋から連れ去った。

柚子はただただポカンとして見送る。

それからしばらくして透子と東吉が戻ってきた。今度はちゃんと自分の足で歩いているが、気分が悪そうだった。

「透子、大丈夫なの？　どこか体調悪かった？」

そんな日に無邪気に喜んでやってきてしまい申し訳なくなる。

「それなら今日は帰るね。子鬼ちゃん、手伝ってくれる？」

「あい！」

「あーい」

テーブルの上に乗っていた子鬼が、広げられた何冊ものパンフレットを集め始めた。

荷物をまとめ始めた柚子を、透子が慌てて止める。

「待って、待って！　そういうんじゃないから」

「でも吐きそうって」

「いや、それは、そう……あれよ……」

「あれ？」

言いづらそうにしている透子を前にして、柚子は首をかしげる。

「とりあえず座って。私からも柚子に話があるのよ」

いつもとは違う改まった話し方に、自然と柚子も背筋が伸びた。

「私たちもうすぐ大学も四年生になるじゃない？」

「うん」

「だけど、その前に辞めようと思ってるわけよ。私だけね」

「えっ、どうして⁉」

あと一年で卒業だというのに、なぜこのタイミングなのか、柚子は不思議でならない。

別に大学が嫌になったというわけではないはずだ。少し前にも、大学を卒業したら旅行に行こうなどとふたりで楽しく話をしていたのだから。

まあ、その時は当然、玲夜や東吉も一緒についてくるのは想定内だ。

にもかかわらず急に辞めるなどと途中でなにかを放棄するのは透子らしくない。

これからも透子と一緒だと思っていた柚子は困惑する。

が、そんな柚子に透子は爆弾発言を落とした。

「実は……妊娠しちゃったのよね。ははは……」

透子はなんとも気まずそうに告げる。

柚子の時が一瞬止まったが、次の瞬間には大きな声が口から出ていた。

「えー⁉」

驚きすぎてそれ以上の言葉が出てこない。

しかし、少し冷静になった頭で考えると、先ほどの透子の様子に合点がいった。

「じゃあ、さっき吐きそうって言ったのって……」

「いわゆるつわりってやつ」

やはり柚子の予想通りの答えが返ってきた。

「全然気付かなかった……。えっ、今何カ月？」

「だいたい二カ月」

「それで大学は辞めるってことなんだ」

「そうなのよ。私は別に通っててもいいじゃないって言ったんだけどね。世の中には臨月近くまで頑張って働いてる女性だっているんだし。けど、にゃん吉やにゃん吉のご両親が大事な体になにかあったらどうするんだって、それはもうこれまで以上に過保護になっちゃってて」

ちらりと視線を向けた先で、「当たり前だ」と意思を変える様子はない東吉を見て、透子は深くため息をつく。

すると、龍までもが東吉に同調するように話しだす。

『まあ、過保護になるのも仕方なかろう。一族に繁栄を与えると言われる花嫁の子は強い霊力を持って生まれてくるのだから。あやかしにとって、霊力の強い子は家の力を左右する大きな期待を背負った待望の子。　特に力の弱い猫又のようなあやかしにとってはなおのことであろう』

「そういうことだ」

東吉はこくりと頷く。

「それは私も分かってるけど、私だって柚子みたいにウェディングドレス着るの楽しみにしてたのよ。それなのにさぁ！」

不満爆発といった様子の透子は、悔しげに唸った。

「もしかして、ふたりは結婚式しないの？」

「子供が第一だからって、結婚式はせずに急遽籍だけ入れることになったの！」

バンバンとテーブルを叩いて怒りを表す透子はさらに言い募る。

「にゃん吉が悪いんだからね！」

「いや、あれは不可抗力……」

言い訳したものの透子にぎろっとにらまれて、東吉は「すみませんでした……」と殊勝に謝る。

「なんでにゃん吉君が悪いの？」

「それ聞く？　聞いちゃうわけ!?」

透子は前のめりで柚子の肩を掴んで揺らす。

「お、落ち着いて透子。なにがあったの？」

透子の手をそっと外した柚子に、透子はつらつらと不満をぶつけ始めた。

「あの日は猫又一族のパーティーがあったのよ。私はあんまり飲まないようにしてたんだけど、飲んべえで有名なにゃん吉のおじさんに捕まって、しこたま飲まされたわけよ！　何度もにゃん吉に助けを求めたのに全然助けてくれなくてねっ」

「う、うん」

「で、気が付いたら朝。隣にはぐーすか寝てるにゃん吉。その二カ月後に妊娠発覚よ。にゃん吉の奴、酔い潰れた私を襲いやがったのよ」

柚子は若干の軽蔑を込めて視線を東吉に向ける。

「それはないわ。にゃん吉君さいてー」

「でしょう！」

「いや、待て。俺にも言い分はあるぞ。そもそも迫ってきたのは透子の方だし、俺の理性もぶち切れるっての。あの日酔ってた時の透子はかなりエロ――」

ボスンッと、透子の投げたクッションが東吉の顔面に命中した。

「柚子の前でなに言ってんのよ、馬鹿猫！」

透子は顔を真っ赤にして叫ぶ。

「透子、どうどう。ほら深呼吸して」

妊婦をあまり興奮させてはいけないだろうと、柚子が止めに入った。

子鬼も落ち着けとばかりに透子の肩に乗りトントン叩く。

「あいあい」

「あーい」

透子は何度かすーはーと深呼吸をして、ようやく冷静さを取り戻した。

「まあ、そういうことだから、残念だけど大学は辞めることになったの。ごめんね、柚子」

「それなら仕方ないよ。体が第一だもの」

「あーあ、私も結婚式したかったー」

透子はわざと東吉に聞かせるように嫌みたらしく口にする。

東吉は居づらくなったのか、「飲み物のおかわり持ってくる」と言ってそそくさと部屋を出ていってしまった。

そんな東吉の背を不機嫌そうに見送る透子に柚子は問うた。

「透子は妊娠したこと嬉しくなかったの？」

的外れな質問だったのか、透子は目をぱちくりとさせた後、声をあげて笑った。

「ふふふっ、そんな風に見えた？」

「だって、なんだかすごく怒ってるみたいだから」

「それはにゃん吉に対してよ。だってあれは絶対に確信犯だもの。あわよくば子供ができたら早く結婚できるって思ってたはずだからね。私はちゃんと大学を卒業してからがいいって前々からお願いしてたのにこういう結果になっちゃったんだから、多少の文句は甘んじて受け入れてもらわないと。でも、妊娠が嫌なわけないじゃない。好きな人との子供なんだから」

そう言って、そっと自分のお腹を撫でて微笑む透子は、すでに母親の顔をしていた。

「そっか。そうだよね」

透子が幸せそうで、なんだか柚子の心も温かくなった気がした。

「柚子も覚悟しといた方がいいわよ」

「なにを？」

「妊娠が分かってからのにゃん吉の過保護っぷり、尋常じゃないもの。にゃん吉でこれなら、普段から過保護な若様なら柚子を監禁して部屋から出してもらえないんじゃない？」

「いやいや、大げさな」

柚子は笑ったが、透子の顔は真剣そのもの。

「これが大げさじゃないから困ってるのよ。現に私が二リットルのペットボトル持ったら、そんな重い物持つな！って取りあげられたのよ。二リットルよ、二リットル。

普通に日常で持つでしょうそれぐらい。あきれて言葉も出なかったわよ」

「それは、なんと言ったらいいか……」

「断言するわ。若様はもっとひどいはず」

「さすがにそこまで玲夜も……玲夜も……」

ただでさえ普段から過保護がすぎる玲夜である。考えれば考えるほど不安しか浮かんでこない。

「うーん……」

柚子は唸り声をあげて黙り込んでしまった。

「ほら、否定できないじゃない。柚子も気を付けとかないと。いつ若様が野獣と化すか分からないわよ」

「でも、玲夜はにゃん吉君みたいにさかってないし」

「こら、柚子。人を発情した猿みたいに言うんじゃねえよ」

急に東吉の声がしたので振り向くと、飲み物を持って戻ってきていたところだった。

「似たようなもんでしょうが」

透子がチクリと刺す。

「断じて違う」

東吉は飲み物をテーブルに置くと透子の頬を両手で包み込み、顔をじっと見つめる。

柚子は苦笑することで同意した。

「今は大丈夫よ」

ちらりと向けてきた透子の眼差しが訴えていた。ほら、過保護でしょう、と。

「吐き気は?」

その日の夜。

遅くに帰ってきた玲夜と、部屋で眠るまでのわずかな時間を共有する。

後ろから抱きしめられながら話す話題はもちろん透子の妊娠のこと。

「そうか。ならば祝いの品をなにか贈っておこう」

柚子の髪を梳きながら話す玲夜の声はひどく甘い。

「あっ、そうだね。そこまで頭になかった」

妊娠というワードが衝撃すぎて、おめでとうの言葉すら伝えていなかったことに柚子は気付いた。次に会った時には忘れずに言おうと心に留め置く。

「透子ったら、にゃん吉君が過保護すぎるってあきれてた。やっぱり玲夜もそうなる?」

視線を合わせて問いかければ、玲夜は少し難しい顔をしながら答えた。

「そうだな。きっとそうなるだろう。だが、柚子はそんな心配はしばらくしなくていい」

「えっ、なんで？」

柚子は今日の透子の幸せそうな表情を見て、羨ましいと感じてしまった。そして、当然玲夜との子供のことを考えて、結婚した暁には……と考えていた。

けれど、玲夜は舞い上がる柚子に冷水を浴びせるような言葉を吐く。

「子供は当分必要ない」

「必要ないって……もしかして、玲夜は子供嫌いだった？」

確かに玲夜が子供に優しくしている姿は想像できない。近くで子供が転んで泣いていても、一瞥して通りすぎる姿がありありと目に浮かぶ。

いや、さすがにそれほど冷酷ではないと信じたいが、普段が普段なので柚子も確信は持てない。

子供が嫌いだったらどうしようか。自分がいざ妊娠しても喜んではもらえないかもしれない。

急激に気分が沈む柚子に、玲夜がこの上なく甘く囁く。

「好きか嫌いかと聞かれたらどちらでもないが、子ができたら柚子の興味がそちらへ向いてしまうだろう？　我が子であろうと柚子を渡したくない」

柚子を見つめる眼差しはとろけるように優しく、柚子はまだ生まれてもいない子供にまで嫉妬する玲夜の独占欲に頬を染める。

「幸いにも父さんは健在だから、すぐに跡取りが必要なわけではないしな。だから、しばらくは柚子を独占することを許してくれ」

こんな風に愛を囁かれて、嫌などと言えるはずがない。

「新婚生活を少しでも満喫したいのだが、柚子は違うのか？」

「……違わない」

おそらく一族としては花嫁の産む力の強い子を早くに望んでいるのだろう。

それこそが花嫁に期待される役目だと理解はしていた。

けれど玲夜にこのように懇願されては、それに甘えてしまいたいと柚子も願ってしまう。

「……だが、柚子に似た女の子ならば早くできてもかまわないな」

先ほどの言葉を早々に撤回した玲夜に、柚子はクスリと笑う。

玲夜が自分ではなく子供ばかりをかわいがっているのを想像し、柚子は玲夜の気持ちが分かった気がした。

「その時は私がやきもち焼いちゃうかもしれない」

玲夜はクッと笑いながら柚子を抱きしめる腕を強くする。

「そうなったとしても、俺の一番はいつだって柚子だけだ。なにが起ころうと優先順位が変わることはない」

玲夜の重すぎる愛情に柚子はどこか安心感を覚えるのだった。


数日後、柚子はひとりで、とあるカフェに来ていた。

ひとりとはいっても、いつものように龍と子鬼が一緒である。

そうこうしていると、柚子の待ち人がカフェに入ってきた。

「子鬼ちゃあ～ん！」

やってきたのは、高校時代に子鬼の服でなにかとお世話になった、元手芸部部長である。どうやら彼女は子鬼以外目に入っていないようで、テーブルの上にいる子鬼へ一直線に向かってくる。

「ああ、会いたかった……」

子鬼を手のひらに乗せてスリスリと頬ずりする彼女を、柚子は苦笑して黙って見守る。子鬼が嫌がっていたなら止めるところだが、子鬼は嬉しそうにしているので問題ないだろう。

子鬼はたくさん服を贈ってくれた元部長を好んでいたので、彼女と会えてニコニコと笑顔を浮かべている。

「あーい」

「あいあい」

「子鬼ちゃ～ん！」

「……あっ、すみませんメニューください」

元部長と子鬼の感動の再会劇はしばらく続きそうなので、その間に柚子はなにを注文しようか先に考えることにした。

ようやく元部長の興奮も冷めたところで、ふたり向かい合って座ると、しばらくして注文した紅茶とケーキが届く。

子鬼が角砂糖をティーカップの中にそーっと入れてくれるのだが、その姿に元部長の興奮は再燃してパシャパシャと写真におさめ始めた。

「あ～。あなたたちはどうしてそんなに愛くるしいのかしら？」

頬を染めてうっとりと見つめる様は、まるで恋する乙女のよう。

できればそろそろ話をしたいなと思いつつ、柚子は静かに紅茶を口にする。

『童子ども、用が済んだらこっちへ来るのだ。柚子の話の邪魔をしてはならぬ』

「あい」

「あーい」

ナイスアシストだと龍の頭を撫でて、子鬼たちが元部長のそばを離れたのをきっかけに柚子は口を開いた。

「今日呼び出したのはちょっと相談があったからなんだけど……」

「らしいわね。急に会いたいなんて連絡が来たからびっくりしたわ」

びっくりしたと言いつつもさして驚いた様子もなくケーキを食べながら話している。

「そうだよね」

元々、柚子と彼女は特に親しい間柄というわけではなかった。彼女が子鬼のかわいさに魅了され、服をもらうようになってからなにかと話すようになったというぐらいの関係だ。

子鬼ありきだったので、世間話をしようにも話題が出てこず、すぐに本題に入ることにした。

「実はね、来年大学を卒業したら、玲夜と結婚式を挙げる予定なの」

「そうなのね。おめでとう」

淡々と祝辞を述べる彼女は、やはり子鬼以外のことにはあまり興味がないらしい。

「ありがとう。それでね、その件で折り入って相談なの。式には当然子鬼ちゃんたちも出席してもらうんだけど、そのための正装を作ってもらえないかなって。ほら、前にも結婚式があるからって羽織袴を作ってもらったじゃない？　子鬼ちゃんたちもすごく気に入ってたから、今回もお願いしたくて」

前回というのは、玲夜の秘書である荒鬼高道とその妻・桜子との結婚式である。

元部長には他にもいろんな服を作ってもらったが、すべての贈り物を子鬼たちは喜んでおり、ふたりは柚子のクローゼットの一角を間借りして大切に保管している。なので、できれば彼女に作ってもらいたい。けれど……。

「無理にと言ってるわけじゃないから、嫌なら断ってくれてもいいの。時期的にも就職活動とかあって大変だろうし。その場合はどこか別のお店か人を探して作ってもらおうと思ってるから」

「そんなの駄目よ！」

元部長は目をカッと開いて激しく否定する。

「でも、いろいろと忙しくない？」

大学四年生は、将来のことを考え行動しなければならない大事な時だ。

「いいえ、子鬼ちゃんのためとあらば就活だろうが留年しようが他のことなどどうでもいいわ！」

「いや、それはよくないかも……」

並々ならぬ気合いを感じて、柚子は苦笑いする。

彼女に頼むのは早まったかと後悔したがもう遅い。

「式ではなにを着るの？　ドレス？　着物？」

「できれば両方着たいなって。式だけじゃなくて、ウェディングフォトも撮りたいなって思ってて」

「なら、最低でも三着はいるわね」

「いやいや、さすがにそこまで面倒はかけられないよ。羽織袴は以前作ってもらったから、ドレスに合うような洋装の服を一着ずつで」

するると元部長がバンッとテーブルを叩いたので柚子は目を丸くする。

「使い回しなんて私が許さないわ！　子鬼ちゃんの晴れ舞台。誰よりも子鬼ちゃんに似合う勝負服で、誰よりもかわいく目立たせないと！」

「えっと、一応私の結婚式なんだけど……」

しかし、そんな柚子の言葉は彼女には届いていない。

「白無垢、色打ち掛け、ウェディングドレス、カラードレス。それらに合わせた衣装を最低でも四着は必要ね」

「それはさすがに多いかも……」

柚子自身の衣装すら、まだどうするかも決めていないというのに。

けれどあまりの気迫に、柚子も強く否定できない。

「白無垢とウェディングドレスはいいとして、カラードレスや色打ち掛けの色は決まってるの？」

「ううん。今度玲夜とお店に行ってオーダーメイドしてもらう予定なの」

「だったら、デザインが決まったらすぐに私に見せて。可能であれば、それに使われた生地をくれるとなおいいわね。おそろいの服で結婚式なんて素敵だわ」

子鬼と結婚するわけではないのだが……。

それを言ったところで、子鬼で頭がいっぱいになっている彼女には届かないだろう。やはり頼る相手を間違えたかもしれない。けれど、やる気満々の彼女の様子を前にして、今さらなかったことになどできそうもなかった。

「じゃ、じゃあ、請け負ってくれる？」

「もちろんよ！」

元部長は目を輝かせてひとつ返事で頷いた。

「あとは報酬に関してなんだけど……」

「いらないわよ」

「そういうわけにはいかないよ」

これまでたくさんの服を贈ってくれた彼女から子鬼の服の代金を請求されたことはなかったが、さすがに四着×ふたり分の衣装代は踏み倒せない。

ただでさえ、以前作ってもらった羽織袴も、子鬼の写真を送ってくれればいいと実質無報酬で請け負ってくれたのだ。

「玲夜にも、大事な結婚式の衣装だからちゃんとしておきなさいって言われてるの」

「そう？　私は別に子鬼ちゃんが喜んでくれさえすればそれでいいんだけど」

チラッと子鬼に視線を向けた彼女は報酬と聞いてもあまり喜んではいないようだ。

「あーいあーい」

逆に子鬼が喜びを伝えるようにぴょんぴょんと跳び上がった。

「で、報酬はこれくらいでどう？」

柚子はスマホで電卓を起動させ、数字を打ち込み彼女に見せる。

以前に作ってもらった羽織袴の仕上がりを見て、玲夜が決めた値段だった。本当は玲夜から提示されたのは一着ずつ分の値段だが、今回は四着ずつ作ってくれるというので四倍にした。

もちろん、あらかじめ玲夜から衣装の数が増えるようならその分だけ報酬を増やしていいと了承を得ている。

画面を見た元部長がぎょっとした顔をした。

「桁間違ってない？」

「ううん。これで合ってる。一応私から話はさせてもらってるけど、鬼龍院からの正式な依頼ってことで、値段は玲夜が決めたの。それに、生地も遠慮せず質のいいものを使っていいし、必要なら材料も用意するから教えてくれって」

「さすが、鬼龍院。半端ないわ」

どうやら驚きを通り越して感心しているようだ。

「けれど材料も用意してくれるというなら、お言葉に甘えて一片の手抜きもない最高の品を作ってあげようじゃないの。これは言わば私への挑戦状ね。受け取って差しあげましょう！」

おほほほほっと高笑いしている元部長に、柚子は恐る恐る口を開く。

「あの、できれば主役よりは派手にしないでね」

主役である柚子と玲夜よりも目立つ衣装を作りかねない勢いに、若干の不安を感じる。

「大丈夫よ。この私に任せなさい！」

自信満々に胸を張る元部長を見て龍が心配そうに柚子をうかがう。

『柚子、本当にこの者に任せてよいのか？』

「失敗したかもしれない」

「あーい」

「あい」

気合いが入っているのを見れば見るほど心配になってくるこの心はどうしたものか。

しかし、子鬼は彼女に作ってほしそうにしているので、任せることにした。

「柚子、ようやく仕事が一段落したから約束していた衣装を見に行くか？」

元部長にお願いをしてからしばらく経ち、仕事から帰ってきた玲夜が切り出した。

柚子のテンションは一気に上がる。

最近、玲夜の忙しさはこれまでで一番と言ってもいいぐらいだった。

ふたりきりの時間も思うように取れず、寂しさを必死で押し殺していた柚子にとっては、やっと終わりが見えた瞬間でもあった。自然と笑顔が零れる。

「本当に⁉」

「ああ。待たせてすまなかったな」

「全然いいの」

柚子が嬉しさを抑えきれないというように玲夜に抱きつく。

玲夜はしっかりと受け止め、柚子の髪を優しく梳いた後、手に乗せたひと房の髪にキスを落とした。

「週末に予約を入れておいた。問題ないか？」

「うん。楽しみ」

今にも鼻歌を歌いだしそうなほど、柚子は期待に胸を躍らせた。

そうして迎えた週末。

最初に訪れたのはオーダーメイドのドレスを扱っているお店。ここはドレスしか取り扱っていないので、和装の衣装はまた別で行くことになる。

入り口の正面には純白のウェディングドレスとタキシードが飾ってあり、柚子は込み上げてくる喜びをぎゅっと噛みしめる。

「柚子、なにをしてるんだ？」

「嬉しすぎて浸ってた」

ニコリとすれば、玲夜もまた笑い返す。そんな他愛ないやりとりが幸せで、心が温かくなる。

「いらっしゃいませ！」

出迎えてくれた店員は全員女性で、店内には色とりどりの華やかなドレスがたくさん並んでいた。

席に案内されてしばらく待つと、柚子よりも少し上ぐらいのまだ若い女性が名刺を差し出してきたので、それを受け取る。

「ようこそお越しくださいました。担当させていただく相田です」

「よ、よろしくお願いします」

緊張でガチガチの柚子に、相田はにっこりと優しい微笑みで「緊張なさらないでリラックスしていきましょう」と言ってくれる。

「フルオーダーメイドのウェディングドレスとカラードレスをご希望とのことでよろしいですか？」

柚子は玲夜と一瞬目を合わせてから「はい！」と頷いた。

「まずデザインを決めていきたいと思いますが、イメージはありますか？」

「それが……。いろんなパンフレットを見たりしたんですけど、どんなのが自分に似合ってるのか分からなくて」

柚子は困ったように眉を下げる。

相田は「大丈夫ですよ」と安心させるような笑みを浮かべる。

「皆様最初はそんな感じで来られます。ウェディングドレスなんて普段着るものではありませんからね。ゆっくりと理想のドレスを一緒に作っていきましょう」

「はい」

優しくて話しやすそうな人で柚子は安堵した。

「まだイメージが掴めていないということですので、店内にあるサンプルをご試着してみますか？」

「いいんですか？」

「ええ、もちろんです。ご試着することで、ここをこうしたいああしたいとご要望も出てくると思いますので」

「ぜひ」

かまわないかと玲夜をうかがえば、こくりと頷いたので、柚子はドキドキしながら店内に飾られていたドレスを選ぶ。

「先に形を見ていきましょうか。Aラインにプリンセスライン、マーメイドラインと、スカートの形だけでもたくさんあるんですよ」

「わあ、かわいいのがいっぱい……」

あまりにも煌(きら)びやかなドレスがたくさんあって目移りしてしまう。

とりあえず店員おすすめで花嫁さんからも人気の高いプリンセスラインとAラインのスカートのドレスを持って試着室へと向かった。

手伝ってもらいながら着て、簡単に髪をアップにして髪飾りをつけてみる。

そしてカーテンを開けて玲夜の前におずおず姿を見せた。

「玲夜、どうかな?」

気恥ずかしそうにする柚子のドレス姿に、玲夜は目を細めて微笑む。

「綺麗だ」

「あいあい」

「あーい!」

『うむうむ。さすが柚子。よく似合っておる』

玲夜だけでなく、子鬼や龍にも好評のようだ。おかげで、もうあと一年したら結婚式なのだと実感が湧く。

初めて着た純白のウェディングドレス。おかげで、もうあと一年したら結婚式なのだと実感が湧く。


玲夜が柚子の元にゆっくりと歩いてきて、じっくり観察するように見つめてくる。

「玲夜、そんなに見られたら恥ずかしい……」

「綺麗な姿を目に焼きつけておかないとな。だが、困ったな」

「なにが？」

玲夜は柚子の耳にわずかに触れるほど近くに唇を寄せてそっと囁く。

「誰にも見せずに閉じ込めておきたくなる」

柚子の顔がカッと熱を帯びて赤くなるのを玲夜はクスリと笑い、柚子の頬を撫でた。

「それにしても、そのドレスは少し肌が見えすぎではないか？」

玲夜が少し不服そうに眉を上げた。

柚子が今着ているのは上がビスチェで、肩も胸元も出てしまっている。

すると、すかさず担当の相田が入ってくる。

「肩や胸元はレースでほどよく隠すこともできますよ。露出が気になるようでしたら、袖をつけることも可能です」

「それがいいな」

玲夜は相田が参考にと持ってきたパンフレットを見て神妙な顔つきで頷く。

「カラードレスも露出は少なめの方がよろしいですか？」

「そうだな」

なにやら柚子を置いて話を進めているようだが、着るのは柚子である。

「玲夜、勝手に決めないでよ」

不満そうな顔で柚子が注意するも、玲夜はこれだけは譲歩しないとばかりな態度。

「デザインは柚子の好きにしたらいいが、これは譲れない。他の男の前で肌を見せるなど言語道断だ」

肌を見せるといっても普通に着られているドレスである。それでどうこうなるわけでもないのに真剣にパンフレットを見る玲夜にあきれてしまう。

「別に水着で出るわけじゃないんだから」

「露出は必要最低限でないと認めない」

こうなってしまっては玲夜は頑固だ。柚子はあきらめるしかない。

この程度の露出でやきもちを焼くとは、花嫁を持つあやかしは花嫁のことになると狭量である。

「すみません。袖があって胸元の隠れるドレスを試着してみていいですか？」

「ええ、ただいまお持ちしますね」

にこやかに返事をして相田が姿を消し、すぐに持ってきてくれた袖ありのドレスを試着してみる。

手首までレースで作られたドレスは上品な上に肌の露出も最小限だったことから、一番玲夜の反応がよかった。

しかし、その後に着た、袖をふわっと膨らませたパフスリーブのドレスは可憐さがあって柚子の好みど真ん中だ。

鬼龍院の次期当主の妻としては上品さを優先させた方がいいのかもしれないが、かわいさも捨てがたい。

「お悩みの間に新郎様のご試着をされてみますか？」

「はい！」

柚子は目を輝かせて声を弾ませた。

「俺はサイズが合っていればいい」

玲夜はあまり自分の衣装にはこだわりがない様子。

だが、そんなことは柚子が許さない。

「そんなの駄目！　玲夜にも似合う衣装を選ばないと」

自分のドレスを選ぶ時以上の熱量で語る柚子に、玲夜は愛らしいものを見るような眼差しで微笑む。

「なら、柚子が決めてくれ。柚子の決めたものなら喜んで着る」

「任せて！」

そう返事をしたものの、どれが似合うかと悩む柚子に、入れ替わり立ち代わり店員が自分のおすすめの衣装を持ってくる。その迫力ときたら……。

自分好みの衣装を着た玲夜が見たいと訴えるその欲望にまみれた目は、仕事ではなく自らの欲求が前面に押し出されていたが、玲夜を前にしたら仕方ないかと柚子も彼女たちを責められなかった。

結局王道の白のタキシードを選んだ。

玲夜が試着をしている間、「うーん」と唸りながら自分のドレスの型をなかなか決められずにいる柚子の前に、タキシード姿の玲夜が現れる。

その瞬間、店内に小さく響いた黄色い悲鳴。

タキシードを着た玲夜の姿は、仕事に従事していた店員さんでも抑えきれない破壊力があったようだ。

パンフレットに載っていたモデルをかすませてしまうほどの見事な着こなし。そして漆黒の髪と紅い瞳が驚くほど白とマッチしていて、そこにいる者を魅了する。

その人外の美しさに、見慣れているはずの柚子ですら時が止まったかのように見惚(みほ)

れてしまった。

玲夜に免疫がない店員たちは言わずもがなである。

これは後世に残さねばならないものだと判断した柚子はすぐさまスマホで写真を撮った。そしてこの興奮と感動を共有すべく、透子や高校時代の友人たちに送信した。

すると、すぐに返信が。

『いやぁぁ、イケメンすぎて死ぬ!!』

『結婚してぇぇ!』

『柚子の幸せ者め。こんちくしょー!』

『これは国宝……いや、世界の宝よ! 保護しなければ!』

などなど、次から次へと通知が鳴りやまない。

柚子の抑えきれぬ感情は皆にも伝わったようだ。

「どうした、柚子?」

真剣な顔で次々と送られてくるコメントに頷いていると、玲夜は不思議そうにする。

「なんでもない。玲夜が格好よすぎて見とれてた」

そして、柚子は小さく笑う。

「なんか、本当に結婚するんだね、私たち」

「当たり前だ。なにを今さら」

確かに今さらなのだが、幸せすぎて、まるで夢の中にいるかのようにふわふわとした気持ちでいる。夢なら覚めないでほしいと願ってしまう。

その後、玲夜のタキシードはだいたい決まったのだが、柚子のドレスはなかなか決まらず、予定も詰まっていることから次回に持ち越しとなった。

続いて向かったのは、高道と桜子の結婚式の際にも着物を購入した呉服店。玲夜の両親や玲夜自身も行きつけの信頼できるお店である。

ここで白無垢と色打ち掛けを仕立ててもらう予定なのだ。

以前にも対応してくれた妙齢の女性に、にこやかに出迎えられる。

「お待ちしておりました。このたびは結婚式のご衣装をお任せいただけるとのことでありがとうございます。準備は整っておりますので、どうぞ」

個室に案内されれば、目にも鮮やかな着物や生地の数々が並んでいる。

玲夜には黒の紋付き羽織袴が用意されていた。どうやらこれが最も格式が高いものらしく、一択のようだ。

サイズも普段からこの店で仕立てているために採寸する必要もなく、玲夜の衣装はもう決まったようなもの。

なので、ここでも頭を悩ませる必要があるのは柚子だけだった。

白無垢と一概に言っても種類はたくさんあり、柄や生地の違いがあったりと簡単には決められない。

白無垢は白無垢だろうと思っていた柚子は、めまいがしそうだった。

けれど、お店の人から柄について説明を受けたり生地の手ざわりを確認したりしながら、なんとか白無垢にするための生地を選んだ。

結婚式は春ということで、桜の刺繍が施されたものだ。

そしてそれ以上に問題となるのが色打ち掛け。柄だけでなく色も決めなければならない。

定番の赤から、ピンクに黄色、オレンジ、青、紫と、次から次に目の前に出されて目が回りそう。

「ねぇ、玲夜はどう思う？」

困り果てて玲夜に助けを求める。

「柚子ならなんでも似合う」

一点の曇りもない眼差しで言われては、柚子も苦笑してしまう。

「それ、一番困る答えなんだけど……」

「一度お顔に合わせてみましょうか」

お店の女性が柚子を鏡の前に案内し、肩に生地をかける。

合わせては次、次と、自分の顔と着物の色を比べながら唸り続けること一時間。

「やっぱり定番の赤色の生地が華やかでいいかも……です」

若干ぐったりとしながら、一番しっくりときたのは赤色で、玲夜に視線を送れば問題ないと微笑んでくれた。

「では、赤のお色を中心に生地をお持ちしますね」

色は決めたものの、赤い生地の種類もまた多い。大人っぽい落ち着いた色合いから、明るい印象の赤までさまざまだ。

結婚式は楽しみだが、さすがに疲れてきてげんなりとしてきた時。

小ぶりの花のモチーフが多く描かれ、金箔(きんぱく)を施されたかわいらしさと華やかさのある生地が柚子の目にとまった。

「これ、これがいいです！」

まさに直感。ひと目ぼれだ。

「まあ、ご趣味がよろしいのですね。まだお若い花嫁様にはとてもお似合いになられると思いますよ」

店員は温かい目で微笑んだ。

「玲夜、これどう？」

「ああ、きっと華やかに柚子を飾ってくれるだろう」

結局どんなものでも柚子を褒めるのだろうが、そう分かっていても嬉しいものだ。

「では、色打ち掛けの方はこちらの生地でお仕立てさせていただきますね」

「お願いします！」

「かしこまりました」

柚子の前に色打ち掛けの生地と白無垢の生地が残された。横には玲夜の黒の紋付き羽織袴がかけられている。

それを見た柚子は思い出した。

「あの、これを写真に撮ってもいいですか？」

「ええ。かまいませんよ」

許可を得たところで、柚子はスマホでふたつの生地と玲夜の衣装を写真に撮り、その画像を元部長に送った。

「どうしたんだ？」

玲夜が不思議そうに問いかけてくる。

「ほら、子鬼ちゃんたちの衣装を頼んでる人に画像を送ったの。私たちの衣装に合わせて作ってくれるんだって」

「ああ、そのことか」

早速、『了解したわ。腕によりをかけて、子鬼ちゃんたちの結婚式を成功させてみせる！』とメッセージが返ってきた。

子鬼の結婚式ではないともう一度釘を刺しておくべきか悩む。

すると、柚子の腕に巻きついていた龍がなにやらモジモジとしている。

「どうしたの？」

『のう、衣装は童子だけなのか？　我にはないのか？』

「えっ、いるの？　前に自分の鱗の素晴らしさを語ってたじゃない」

『我だけ仲間はずれなど切ないではないか。我もほ〜し〜い〜』

駄々をこねる子供のように、うにょうにょうとのたうち回る。

ここにまろとみるくがいたら、いいおもちゃになっていただろう。

でもそうか、確かに仲間はずれはかわいそうだ。

かといって、子鬼ふたり分の衣装を頼んでいる元部長にこれ以上の作業をお願いするのは気が引ける。

「どうしようか、玲夜？」

「そうだな……」

玲夜は少し逡巡したのち、店の女性へと視線を向ける。

「頼めるか？」

女性は頬に手を添えて困ったようにしていたが、龍が柚子から離れて女性の目の前で懇願の眼差しを向け続けたことで折れてくれた。

「かしこまりました。普段はそういうご要望はお引き受けしないのですが、お付き合いの長い鬼龍院様たってのお願いとあらば聞かぬわけには参りませんわね」

「助かる」

『おお～！』

龍はうねうねと体を動かしながら喜んだ。

「では、少しサイズをお計りしてもよろしいですか？」

『うむ。存分に計ってくれ！』

うへへへっと表情を崩してたいそう喜んでいる龍を、店の人は素早く採寸していく。

その後は龍がなにやら女性にいろいろと注文をつけていたが、『雄々しく』とか『神々しく派手に』などという単語が聞こえてきて不安に駆られた。

果たしてどんなものを作る気なのやら。

2章

とうとう柚子も大学四年生になった。

しかし、そこに透子の姿はなく、皆一緒に卒業することは叶わなくなってしまったことが残念でならなく、少し心許ない。

なにせ高校時代と違い大学では鬼龍院の威光があまりに強く、対等に付き合える友人といえば東吉と蛇のあやかしである蛇塚ぐらいなのである。

透子以外にもかくりよ学園で女友達が欲しいのだが、この学園に通っているのはあやかしと、人間の中でも上流階級と言って差し障りないランクの人たちばかり。

あやかしは柚子のバックにいる玲夜に恐れて遠巻きにし、人間は玲夜に選ばれた柚子をやっかみ、または利用しようと近付いてくる。

そんな相手とどうして仲良くできるだろうか。

高校からの友人はすでに関係が構築されていたので、玲夜の花嫁となったからといって柚子への態度を変えることはなかった。

けれど、初対面から鬼龍院の花嫁として出会う人とはそういうわけにもいかなかった。どうしても柚子の後ろに見え隠れする鬼龍院が邪魔をする。

いや、邪魔と言っては語弊があるか。鬼龍院の威光により柚子が守られているのは確かなのだから。

その威光があまりにも強すぎるせいで友人ができないのも事実ではあるが……。なんともままならないものである。

ただでさえ、柚子は家族との縁が薄く、今となっては両親や妹がどこでなにをしているかも知らない。だからこそ、今ある縁は大事にしたいと心の底から思うのだ。

それに、いずれ柚子は手にするだろう。柚子がなによりも欲していた家族というものを。他ならぬ柚子の愛する玲夜が与えてくれると信じていた。

大学を卒業すれば、結婚する。そうすれば玲夜は他人ではなくなり、柚子は家族を得られるのだ。そしていつの日か家族は増えていくだろう。

その日が待ち遠しくてたまらない。

大学に入る前は大学卒業とともに結婚することを早いと感じていたが、学生結婚でもよかったのかもしれないとひっそり思っているのは内緒である。

柚子の心をおもんぱかって、大学卒業まで待つと言ってくれた玲夜には申し訳ないが。

そんな柚子とは逆に、予想外の妊娠で学生結婚してしまったのが透子である。

これにはさすがに柚子も驚いた。婚姻届の証人欄への署名を頼まれた時は自分でいいのかと恐れ多かったし、ペンを持つ手は震えてしまった。

なんだかんだと東吉へ早すぎる入籍に文句をつけながらも、完成した婚姻届を見て満足そうな透子の顔から心持ちは察することができ、柚子も幸せのお零れをもらったようで温かな気持ちとなった。

退学してしまった透子がいなくなって以降は、柚子は東吉と蛇塚と一緒に大学のカフェでランチを取るのが日常となっていた。

時々、柚子のことを桜子から任された鬼の一族の人たちにお呼ばれして食事やお茶をすることもある。けれど、そうなると東吉と蛇塚は遠慮してしまうので、申し訳なく思いつつも鬼の人たちと一緒にいることは滅多にない。

ただ、女友達のいない柚子には彼らの気遣いがとてもありがたいと伝えると、柔和な笑顔が返ってきて、鬼の一族は周りが思うほど怖い存在ではないのになと、柚子は少し残念に思う。

東吉のような弱いあやかしにとっては、玲夜でなくとも鬼の一族の気配だけで恐れるには十分な威力があるそうだ。

それが分からない人間でよかったのかもしれない。

いつものように東吉と蛇塚とカフェで昼食を取る中、気になるのはここにはいない透子のこと。

「そういえばにゃん吉君、透子の様子はどう？」

「元気元気。つわりはひどいみたいだが、無理やり食ってるよ。つわりごときに負けてたまるかってな」

東吉はどことなく上機嫌で、カラカラと笑いながら透子の現状を報告してくれる。子供が生まれることがよほど嬉しいのだろう。

「そっか、じゃあ今度透子が好きだったお取り寄せスイーツ送っとくね」

「おー、サンキュー。透子が喜ぶ」

すると、蛇塚もぽそっとしゃべりだした。

「俺も店のもの送る」

蛇塚は大学四年にして、高級レストランのオーナーでもある。

そのレストランで行われているスイーツバイキングは予約が取れないと有名なのだ。提供されるスイーツは宝石のように美しく、また、味も絶品だった。

きっと透子なら吐き気と戦いながらも気合いで胃に収めることだろう。

「柚子にも送る……」

「私？　私はなにもないよ？」

「不公平だから」

蛇塚は口下手で口数が少ない。

なので彼の意図を理解するのは今でも難しい時があるが、透子だけに送ったのでは柚子にも送らなければかわいそうだと思ったのだろう。

顔面は凶器並に怖い蛇塚だが心根はとても優しいと、彼を知る者は誰もが答えるはずだ。

だが、顔の怖さ故に恐れて深く関わろうとしないので、彼の魅力を知る者は多くない。それはとてももったいないと柚子は思うのだ。

「ありがとう、蛇塚君」

「うん……」

柚子がにっこりと微笑みお礼を言えば、蛇塚は少し気恥ずかしそうに頷いた。

その時、なにやら背後から冷気を感じた柚子は不思議に思い振り返った。

まるで冷凍庫を開けた時のような冷たい空気だったが、まだクーラーもつけていないカフェ内でそんなことあるはずもない。

背後を見てもなにもなく首をひねる柚子に、ふとある女の子が目に入った。

白く長い髪が目立つ女の子。

あやかしの中には染めていなくとも日本人とは違う髪色をした者も少なくないので

そこは気にならなかったが、白髪はかくりよ学園でも珍しい方だった。

白髪の女の子はなぜか柱の陰からじっと柚子を見ていた

いや、見ているというより、にらみつけているという方が正しいかもしれない。

ただ、容姿は大学生というには少し幼く、全然怖くはなかった。

だが、なぜにらまれているのかはすごく気になるところである。

「柚子、知り合いか？」

「……まったく」

東吉の問いかけに、柚子は一瞬考えた後にそう答えた。

柚子の記憶の中にあのようにかわいらしい白髪の女の子はいない。

「あーい？」

「あいあい」

子鬼が、やっつけちゃおうか？と言わんばかりに拳を突き出してパンチをするような素振りをする。

「子鬼ちゃん、むやみに人様に喧嘩(けんか)売っちゃ駄目だからやめようね」

「あーい……」

子鬼は残念そうにしながら腕を下ろした。

すると、柚子の向かいに座っていた蛇塚が突然立ち上がった。

「俺、行ってくる……」

そう言うと、荷物をまとめて一直線に白髪の女の子の元へと向かう。そして少女となにやら話した後、彼女の手を掴んで出ていってしまった。

一連の流れを見ていた柚子と東吉はあっけに取られたような顔をする。

「蛇塚君の知り合い？」

昔から仲のよい東吉に問う柚子だったが、彼も知らないようで首を振っている。

「いや、俺は知らんぞ。蛇塚が女と一緒にいるのなんか貴重すぎるって、話題になるはずなんだがな」

「にゃん吉君も知らないってことは最近知り合ったのかな？」

「彼女だったりして」

あははっと声をあげて笑う東吉に、柚子もつられる。

「まっさかぁ」

「だよなぁ。同じ大学生みたいだけど、蛇塚と並ぶと犯罪くさかったし」

体格がよく人相の悪い蛇塚と、幼い少女のようなかわいらしい子。

身長差もあったので、蛇塚に連れていかれるその姿は、思わず『おまわりさーん！』と叫び出したくなるほどであった。

数週間経った週末、大学はお休み。

残念ながら玲夜は仕事ということで、朝食を済ませると、迎えに来た高道を伴って会社に出かけてしまった。

屋敷に残された柚子は、玲夜が出かけたのを確認するや袖をまくり気合いを入れる。

「よし。やるぞ！」

「あーい」

「あいっ！」

子鬼も拳を突き上げてやる気満々だ。

柚子は部屋でエプロンを着ると、キッチンへ。その後をフリルたくさんのエプロンを身につけた子鬼が、トコトコとついていく。

子鬼のエプロンはもちろん元部長の作品のひとつである。

少し前に子鬼の衣装について元部長と電話をした時、料理教室に通っていることを話すと、翌日屋敷を訪れてお手製のエプロンをプレゼントしてくれたのだ。

目の下にクマを作った彼女は少しやつれていたが、子鬼がその場で着てみせると狂喜乱舞して写真を撮りまくり、満足して帰っていったのだった。

それから子鬼は、料理教室や屋敷でキッチンに立つ時は必ずエプロンをするようになった。どうやらずいぶんと気に入った様子で、元部長も浮かばれるだろう。

キッチンは使用人の賄いも作ったりすることから、かなり広々としている。台の上には、たくさんの食材が並べられていた。

「お好きなように使ってください。お手伝いできることがありましたらなんなりとお申しつけを」

そう屋敷の料理人に言われ、柚子は深々と頭を下げる。

「ありがとうございます！」

するると、料理人は大いに慌てる。

「お、おやめください。あなた様は玲夜様の花嫁でいらっしゃるのですから」

「……はい」

柚子がすぐに頭を上げれば料理人はほっとした顔をする。

また失敗したと、柚子は心の中で反省する。

柚子は玲夜の花嫁。玲夜がいない今、柚子がこの屋敷の女主人であり、屋敷のすべての権限を持っていると言っても過言ではない。

そんな柚子に深く頭を下げられると、使用人の方としたらたまったものではない。

それは分かっているのだが、どうも偉そうにするということが慣れない柚子はどうしても下手に出てしまい、ちょくちょく屋敷の者たちを困惑させてしまう。

玲夜のように威厳を持って接せられたらいいのだろうが、十年経ったところで自分には無理そうだと思う。

使用人を困らせたくはないのでできるだけ自重しようとは心がけているのだが、気を抜くとすぐにこうである。

申し訳なく思いつつも、ここでまた謝ればさらに困らせてしまうという負のスパイラルに突入してしまうので、柚子は何事もなかったように作業を開始することにした。

「まずは定番の玉子焼き！」

「あい！」

「やー」

だし巻き玉子用のフライパンを用意してもらい、じゅわっと卵液を流して形を整えていく。

「……あっ、やばい。ちょっと焦げたかも」

「あ～い～」

横で見ていた子鬼は、それぐらい大丈夫大丈夫と言わんばかりだ。

確かに玲夜なら、真っ黒焦げでも柚子の作るものなら美味しいと言って食べそうである。

「他にはつくねに野菜も入れて、それから……」

料理教室で作ったことのあるメニューを中心におかずを用意し、お弁当箱へ綺麗に詰め込んでいく。

「次はおにぎりね」

「あーい」

「あいあい」

柚子がおかずを詰めていた台とは別の台では、冷ましていた焼き鮭（ざけ）を子鬼がふたりがかりでせっせとほぐしてくれている。ちゃんと小骨も取る丁寧さだ。

「あい！」

どうだ！と胸を張り成果を披露する子鬼の頭を撫でて、柚子と子鬼は丁寧にハンドソープで手を洗う。

焼き鮭の脂でベタベタになった小さな手を洗う様はなんともかわいらしい。

ここに元部長を呼んだら発狂しかねないなと思いながら、蛇口まで手が届かない子鬼の手にコップで水をかけてやる。

「あーい」

子鬼はニコニコと笑いながら手についた泡を洗い流してタオルで拭く。

ほぐした鮭に、昆布とたらこを用意して、早速握っていく。

お米は料理人にあらかじめ炊いておいてもらったものだ。

手に塩を振りほどよい大きさに握っていく柚子の横で、子鬼もまた柚子の真似をして握っていた。

しかし、手が小さい分、握ったおにぎりも小さい。

それをどうするのだろうかと思って見ていたら、「あーいー！」と子鬼が叫んだ。

すると、うにょうにょと龍が飛んでくるではないか。

「あいあい」

『ふむふむ、よく握れておる』

「あーい」

『うむ。馳走になろうではないか』

そう言って大きく開けた龍の口に子鬼たちが握ったばかりのおにぎりを放り込む。

もぐもぐと口を動かした後、ゴックンと飲み込んだ龍は口を開くやひと言。

『まあまあだな』

「あーい！」

「あいっ、あい！」

どうやら龍が美味しいと言わなかったことがお気に召さなかったのか地団駄を踏んで怒りをあらわにする子鬼に、龍もたじろぐ。

『そ、そう怒るでない、童子どもよ。初めてにしてはよくできておるよ』

「あーい？」

『そうだ。もう少し包み込むようにふんわりと握るのだ。そうすれば完璧であるぞ。そなたたちのは力を入れて握りすぎておる。それではおにぎりマスターにはなれぬぞ』

おにぎりマスターってなに？という言葉はなんとか寸前で飲み込むことに成功した。

なにせ子鬼たちが真剣に龍の言葉に耳を傾け、言われたことを実践するべくお米に手を伸ばしたからだ。

『ほれ、もっと優しくだ。米を潰してはならぬぞ』

「あい」

「あーい？」

『そうそう。筋がよいぞ、童子ども』

なにゆえそんなにおにぎりへの熱意があるのか不明だが、料理などしたことないだろう龍からレクチャー受ける子鬼は真剣そのもの。

柚子も料理人も口を挟むことができず、おかげで小指の先ぐらいの大きさのおにぎりが大量に皿に並ぶこととなった。

それはどうするのだろうかと疑問に思っていたら、片っ端から龍が消費していく。

『ふむふむ、悪くないぞ。我の舌を唸らすのももうすぐだな』

「あいっ」

「あいあい！」

褒められて嬉しそうに飛び跳ねる子鬼を温かく、そして偉そうに上から目線で話す龍をあきれたように見てから、柚子も自分が作ったおにぎりを弁当箱へと詰めた。

「よし、完成！　どう？」

『うむ。なかなかよいできではないか』

「渾身(こんしん)の作だもの。記念に一枚。子鬼ちゃんも入る？」

「あーい」

エプロン姿の子鬼も一緒に、できあがったばかりのお弁当の写真を撮った。

我ながら見た目も含めてよくできたお弁当を収めた写真を見て、頬が緩む。

せっかくならと写真をＳＮＳへと投稿してみた。

特に反応が欲しかったわけではない。自分のＳＮＳなど、友人たちぐらいしか見ないのだから。

布でしっかりと包んでから、お弁当箱サイズの小さな袋に入れた。

時計を見れば、これから家を出て会社に行けばお昼ごはんにはちょうどいい時間。

部屋へ戻るとスマホを手にして電話をかける。

相手は玲夜ではなく、秘書の高道である。

「もしもし、高道さんですか？　準備ができたので今から向かいます」

高道から『お気を付けて』と返事をもらってから電話を切ると、出かけるために服を着替える。

鼻歌交じりで着替える柚子に、黒猫のまろと茶色の猫のみるくがすり寄ってくる。

「ごめんね。これから玲夜の会社に行ってくるから、お留守番よろしくね」

「アオーン」

「ニャーン」

言葉が分かっているかのように返事をするのはいつものこと。

実際に普通の猫ではなく龍と同じ霊獣である二匹は、ちゃんと柚子の言葉を理解して返事をしているのだ。

軽くメイクをして部屋を出ると、子鬼が柚子の肩に飛び乗り、龍が腕に巻きついてくる。

「お待たせ」

「あーい」

「あい」

『今日、柚子が来ることをあやつは知らぬのだろう？』

キッチンに戻ってお弁当の入った袋を手にし、玄関へと向かう最中に龍が問う。

「うん。サプライズだもの。でも、ちゃんと高道さんには伝えてるよ」

結婚準備の時間を取るために忙しくしていてなかなか一緒にいられない玲夜へ、柚子がしてあげられること。

散々頭を悩ませた結果行き着いたのは、料理教室で培ったスキルを披露することだった。

しかし、ただ渡しただけでは芸がない。どうせなら突然訪問して驚かせようと。

それには秘書の協力は必要不可欠である。そのため、高道にはあらかじめ話をしておいた。

最近柚子との時間が減って機嫌が悪いので、そういう事情なら大歓迎だと快く協力してくれることになった。

「柚子様、お車のご用意もできておりますよ」

「ありがとうございます、雪乃さん」

いつでも出かけられるようにと、柚子専属の使用人である雪乃に車の手配をお願いしていた。

「じゃあ、いってきます」

「いってらっしゃいませ」

深々とお辞儀をする雪乃や他の使用人に見送られながら、柚子は玲夜の会社へと車を走らせた。

自社ビルを持つ玲夜の会社は相も変わらず巨大である。

今はもう辞めてしまったが、バイトをしていた時は地下の役員用の駐車場からそのまま最上階の社長室へ行っていたので、正面から堂々と入ったことはなかった。

初めて正面玄関から入った柚子は、大きな玄関ホールに入ってすぐにある受付へ。

「いらっしゃいませ。ご用件をお伺いいたします」

「社長秘書の荒鬼高道さんにつないでください」

柚子と年の変わらない若い受付の女性へ告げれば、途端に女性の笑顔が消える。

「どういったご用件でしょうか？　アポイントはお取りですか？」

ちょっと威嚇されているような気がして、なぜだろうと柚子は首をひねる。

自分にどこか不審な点でもあっただろうか。

会社に行くので身なりもオフィスカジュアルな服装を選んできたから、おかしなことはないはずだ。

おかしいとするなら肩に乗ってる子鬼と、腕に巻きついている龍だが、それで警戒されているのかもしれない。

「アポイントというか、会社に来たら連絡をするようにと言われてます。受付で話を通してもらえるからと」

「失礼ですが、どういったご身分のお方でしょうか？」

そういえば名乗ることを失念していた。

「私は玲夜……えと、社長の婚約者です」

自分で婚約者などと言うのは気恥ずかしいが、こう告げるのが最も分かりやすいだろう。

そう思って言った言葉は、なぜか彼女の怒りに触れたようで怖い顔をする。

「お引き取りください」

「へっ？」

「我が社の社長は鬼でいらっしゃいます。見たところあなたは人間でいらっしゃいますね？」

「はい……」

柚子が頷くと、それみたことかと言わんばかりに女性は鼻で笑うような表情をする。

「ご存知ないのかもしれませんが、あやかしはあやかしとしか結婚しないのですよ。人間のあなたがどんなに頑張ったとしても不可能なことです。そんな見え透いた嘘をつくような不審な方を社長秘書と会わせるわけには参りません。お帰りください」

「………」

柚子は思わず言葉をなくす。

確かに彼女が言っていることは正しく、あやかしはあやかしとしか婚姻関係にならない。けれど、その例外である花嫁という存在がいることを知らないのだろうか。

というか、玲夜に柚子という人間の花嫁がいることはかなり周知されていると思っていたのだが、そうではなかったのか。

隣にいた別の受付の女性も一瞬柚子の方を見たが、素知らぬ顔で他の来客の対応を続けている。

これは困った。せっかく作ったお弁当が渡せないではないか。

「うーん……」

『どうするのだ、柚子？』

「どうしよう？」

途方に暮れる柚子は、迷ったものの高道に電話をして迎えに来てもらうしかないかとスマホを取り出したところで、奥から別の女性が出てきた。

見ただけで分かる美しい容姿はあやかしのもの。彼女は柚子の姿を見ると瞠目し、慌てて近付いてきた。

「まあ、花嫁様でいらっしゃいますね。今日はどうされましたか？　いつもは裏からお入りになられますのに」

「高道さんに取り次いでもらいたいんです。けど……」

どうやら女性は柚子のことを知っているようで、柚子は安堵した。

柚子は困った顔で、ずっと対応していた女性を見る。

「あの、彼女がなにか？」

「いえ、玲夜の婚約者だと名乗ったのですが、あやかしはあやかしとしか結婚しないので、人間である私は嘘をついているから取り次げないと言われてしまって……」

告げ口をしているようで嫌だったが、今後また同じようなことが繰り返されては困るので仕方ない。

「ちょっとあなた、どういうつもりなの!?」

彼女は鬼のように目をつり上げて、受付の女性を叱りつける。

一方、受付の女性はなぜ怒られているのか分からない様子。

「えっ、ですが不審な方をお通しするわけには……」

「社長の婚約者と名乗られているでしょう！」

「でも、人間ですよ？」

「人間でも、花嫁という特殊な方はあやかしの伴侶となれるのよ！」

「じゃあ、この方は本当に……？」

どんどん受付の女性の顔がこわばっていく。

「社長のご婚約者で間違いありません」

「し、失礼いたしました！」

受付の女性は慌てて柚子に頭を下げる。

「知らなかったにしても、一度も確認を取らないで追い返すなどもっての外です！」

受付の女性を再び叱りつけてから、あやかしの女性も柚子に深く頭を下げた。

「このたびは受付の者が大変失礼をいたしました。あいにくとあやかしの世界のことを知らぬ、今年入ったばかりの新人でございますので、この不始末は私が責任を取らせていただきます」

「い、いいえ、高道さんに取り次いでいただければそれでまったく問題ないです！」

柚子とてちょっと取り次いでもらえなかったぐらいのことで大事にするつもりなどさらさらない。

「謝っていただけましたから、それで十分です。玲夜にも、高道さんにも話すつもりはありませんから」

まるでクビを宣告されたかのような悲壮感漂う空気に柚子が耐えられなくなった。

この程度で責任うんぬんと言い出したら会社から人がいなくなる。

受付の女性など半泣き状態で、こちらが虐めているみたいではないか。

「ありがとうございます！」

なかったことにするという柚子に、感極まったようにお礼を言うふたりの女性。

この会社、実はブラックではなかろうかと、柚子はちょっと不安になってきた。

その後すぐさま高道に連絡してもらい、少しして高道がロビーまで迎えに来た。

「お待たせいたしました。例の物はお持ちですか？」

「はい！　朝から張り切りました」

柚子がお弁当の入った小さな鞄(かばん)を見せると、高道は満足そうな笑みを浮かべた。

「玲夜様が喜ばれます。さあ、こちらへ」

エレベーターの中で、柚子は高道に聞いてみた。

「高道さん、つかぬことをおうかがいしますが、この会社ってブラックじゃないですよね？　社員に異様に厳しかったりとか」

「いいえ、そんなことはないと思いますよ。むしろ他に比べても働きやすいと評判で、今年の入社希望者もそれはもう大量でしたから。捌（さば）ききれないと、人事部が頭を抱えていましたね。人事部にとったらその時期はブラック会社に変貌するかもしれませんが、いたってホワイトですよ。それがなにか？」

「いえ、ちょっと気になっただけなので気にしないでください」

のちに桜子から聞いたところによると、会社で玲夜と高道はかなり恐れられているのだという。

なんでも、ずいぶん昔にふたりの主導で社内の大粛正が行われたとかで、今でもふたりには逆らうなと先輩から新人に通達がなされるとか。

そんな玲夜の婚約者に不備を働いたということであんなにも怯（おび）えられたのかと柚子は納得した。

社長室のあるフロアに来ると、久しぶりの風景になんだか懐かしくなった。

「玲夜にまたバイトできないか頼んでみようかな。せっかく秘書検定取ったんだから、玲夜の秘書になれたらもっと一緒にいられるんだけど」

そんなことをぽつりとつぶやいた柚子に、高道が……。

「柚子様」

「はい？」

「たとえ柚子様だろうと、玲夜様の秘書の座は明け渡しませんよ」

にっこりと微笑んでいるのに、その目は全然笑っていない。

これはマズいと、柚子は慌てて「冗談ですよ〜」と笑ってみせた。

「そうですか、冗談でしたか」

高道がいつもの笑顔に戻り、柚子はこっそり息をつく。

高道が玲夜至上主義なことは分かっていたが、下手な冗談は命取りになる。どこに地雷が埋まっているか分かったものではない。

高道の前で玲夜の話は慎重を期するべきだと心に留め置いた。

そして、久しぶりの社長室の前へ到着した。

玲夜の驚いた顔を想像して自然と柚子の顔に笑みが浮かぶ。

「実は今来客がありましてね」

「えっ、それならお邪魔じゃないですか？」

「問題ありませんよ。鬼の一族の者で、気を使うような相手ではありませんから」

高道は扉をノックして扉を開けた。

柚子は喜び勇んで部屋の中へ。

しかし、そこにあった光景に足が止まる。

なんと、玲夜が見知らぬ女性と抱き合っていた。

「玲、夜……」

一瞬なにかの見間違いかと思いたかったが、幻覚のようには消えてなくならず、柚子は呆然とたたずむことしかできなかった。

すると、柚子の腕にいた龍が目をつり上げた。

『浮気かぁ、この小童！』

室内どころか廊下まで響き渡らん絶叫に、玲夜も振り返る。

そして、柚子の存在を確認して目を見張る。

「柚子」

『柚子というものがありながら浮気するなど天が許そうとも我が許さぬ。成敗じゃあぁ！』

龍は柚子の腕からするりと離れ、鬼の形相で玲夜に噛みつくべく大きく口を開いた。

玲夜はくっついていた女性を突き飛ばすように引き剥がし、龍の尻尾を掴んでいなす。

『ぬおぉぉ、離せぇぇ！　この浮気者めがっ』

「なにを勘違いしている」

玲夜はあきれたように龍の尻尾を掴んだまま柚子に視線を向ける。

見てはいけないものを見てしまったと思っている柚子は、玲夜になにを言われるのか怖かった。

しかし玲夜はいつもと変わらぬ調子で、柚子がいることを不思議そうにした。

「どうしてここに柚子がいる？」

まったく悪びれる様子のない玲夜に、柚子の方が困惑する。

代わりに龍は怒り爆発であった。

『話をそらそうとするな。そんなことで浮気を煙に巻けると思うでないぞ！』

「さっきからなにを言ってるんだ、こいつは」

「玲夜様、見知らぬ女性と抱き合っている現場を見られたら普通は浮気者と罵られても仕方がありませんよ」

実に冷静な高道の助言に、玲夜は先ほどまで抱きついていた女性を見てから柚子に視線を向け、ようやく思い至ったように頷く。

「そうか。言っておくが、浮気じゃないぞ」

柚子の目をしっかりと見つめ動揺の欠片もない姿は信用させられる。

しかし、普段から堂々としている玲夜である。それだけで判断はつかないが、きちんと否定してもらえて柚子は少し冷静になれた。

だが、龍はまだ納得していない。

『痴(し)れ者が。そんな言葉で我を納得させられるとでも思うたか！』

うにょうにょとのたうち回る龍を玲夜は面倒くさそうに見てから、誰もいない方向へぽいっと投げ捨てた。

『にょぉぉぉぉ』

「あーい」

「あいあい」

慌てて子鬼が回収に向かった。

それを一瞥することなく玲夜は柚子に近付き、腕の中に迎え入れる。

ぎゅっと力強く包み込まれる抱擁はいつもと変わらぬ温もりを柚子に与え、さらに低く甘い声が降ってくる。

「俺にはお前だけだ、柚子」

「……うん」

そう納得はしたものの、先ほどの事実がなくなったわけではない。

「じゃあ、なんで抱き合ってたの？」

「抱き合ってたんじゃない、芹(せり)が抱きついてきたから引き剥がそうとしてたところに柚子が入ってきただけだ」

玲夜の顔を見上げると嫌そうに眉をひそめており、玲夜の望んだことでないと分かった。

「芹？」

柚子はそこで初めて、玲夜に抱きついていた女性をしっかりと見る。

ふて腐れたような顔をした女性は、桜子にも負けず劣らずの綺麗な容姿をしていた。年齢は玲夜と同じぐらいだろうか。

ストレートのボブカットで、スーツに高いヒールがよく似合う、キリッとした大人の女性だった。

すると、高道が彼女のことを教えてくれる。

「柚子様、彼女は鬼沢芹。鬼の一族の者で、玲夜様とは幼馴染の間柄になります。芹、柚子様にご挨拶をなさい」

「鬼沢芹です。……そう、あなたが花嫁なの。桜子が玲夜の伴侶になると思っていたのに、こんな女に取られるなんてね」

まるでなめ回すように柚子を見るその目はあまり好意的とは言えず、なんだか見下されている気分になった。なにより玲夜を呼び捨てにすることに、幼馴染とはいえ少し引っかかりを覚えた。

「芹、言葉遣いに気を付けなさい。このお方は玲夜様の花嫁。いずれ当主の妻となられる方です」

「はいはい。高道は相変わらず小姑みたいね。口うるさいったらないわ」

「ならば口出しされないようにしなさい。そもそも玲夜様に抱きつくとはなにを考えているのです！　馴れ馴れしい！」

「ちょっとした挨拶じゃない。久しぶりなんだし、ハグするぐらい向こうじゃ普通よ」

ぎゃあぎゃあと言い争うふたりに困惑する柚子に玲夜が教える。

「芹はしばらく海外に住んでいたんだ。そのため向こうの癖が抜けないらしい。俺に抱きついたのも深い意味はない。さっき来ていた桜河にも同じようにしていたからな」

桜河とは桜子の兄で、鬼龍院グループの副社長でもある。

けれど、ただの挨拶かと安心することはできなかった。

玲夜を疑ったわけではない。女の勘がビシバシと反応するのである。

知らず知らずのうちに眉間に皺が寄っていたらしい。玲夜がくすりと笑い、柚子の眉間に指を置いてもみほぐす。

「それにしても、どうして来たんだ？」

言われて、すっかり忘れていたことを思い出した柚子は、持っていた小さなバッグを玲夜に掲げる。

「これは？」

「玲夜に食べてほしくてお弁当作ってきたの。食べてくれる？」

おずおずと差し出されたそれを手にした玲夜は、とろけるような笑みを浮かべて柚子の額にキスを落とした。

「柚子の作ったものを食べない選択肢などない。ありがとう」

見るからに喜んでくれたことが分かる笑顔で、柚子も嬉しくなりながらはにかんだ。

ふと芹に視線を向けると、彼女はなにかとんでもないものを目撃してしまったと言わんばかりの驚愕(きょうがく)した顔をしていた。

「玲夜が笑ってる……。しかもなに、あの甘々さは⁉」

「通常運転です。今日はましな方ですよ。ひどい時は周りが砂糖を吐きすぎて窒息死しそうになりますから」

高道が冷静にそんなことを口にしてから時計に目を向ける。

「ちょうどいい時間ですね。玲夜様、お茶のご用意をいたしますので、隣室でお待ちください」

「ああ」

玲夜は柚子の腰に手を置き、仕事部屋の隣にある休憩室へと向かう。そこにいる芹などまるで目に入っていないかのように無視だ。

いいのかなと気になりつつ少しだけ振り返ると、冷たくにらみつける芹と目が合い慌てて前を向いた。

やはり女の勘は正しかったと、柚子は不安に駆られる。けれど隣室へ入ってしまえば、それもすぐに吹き飛んでしまう。玲夜がそれは甘く微笑みかけ、柚子の顔にキスの雨を降らせるからだ。

「柚子が来るとは思わなかった。途中で危ないことはなかったか？」

「子鬼ちゃんたちと龍がいるから大丈夫」

受付でひと問題あったことは伏せておく。

「それより、お弁当開けてみて」

「ああ」

ソファーに座り、持ってきたお弁当を取り出して蓋を開ける。

柚子がドキドキしながら玲夜の反応をうかがっていると、玲夜は中身を見て穏やかな笑みを浮かべた。

「うまそうだ」

「どう？」

早速玲夜がひと口食べる。

「ああ、うまい」

玲夜は柚子の作ったものならなんでも美味しいと評してしまうので、本音なのか判断がつかない時が多いが、今回は柚子も自信がある。

玲夜の頬が緩んでいるのが分かり、柚子も心の中でガッツポーズをした。

「これ全部、料理教室で習ったものなの」

「そうか。ずいぶん楽しんでいるようだな」

「うん！　自分の知らない料理とか作れてすごく楽しいの。だから、もう少し通う頻度を多く──」

「駄目だ」

言い終わる前に却下されてしまい、柚子はぐうっと唸る。

「でも、美味しいでしょう？　もっとたくさん料理を覚えたら、玲夜に食べさせてあげられるんだよ？」

そう言われて玲夜は少し悩んだようだが、ほんの一瞬だけ。結果は変わらず……。

「やっぱり駄目だ」

「どうして？」

「一緒にいる時間が減る。柚子は熱中するとそればかりに気が向いて俺を放置しだすからな」

それは否定できない。生真面目な柚子はひとつのことにはまりだすと、とことんやってしまうところがある。

結果、玲夜を置いてけぼりにして、やきもちを焼かせてしまう経験を過去何度か繰り返している前科持ちであった。

そんなことしないと否定したところで信用されないだろう。

「でもね、料理するのが結構楽しいの。昔は家族の分を嫌々作ってた感じだったけど、玲夜が美味しいって褒めてくれるからすごく嬉しくてね」

「なら、また今度作ってくれ。それで十分だ」

玲夜は十分でも、柚子はもの足りない。

玲夜だけではない。龍や、屋敷の人たちが食べてくれた時の反応が楽しみで、もっといろんなものを作ってみたいという欲求が日増しに強くなってくるのだ。

しかし玲夜に対して正面突破は難しい。なにか手を打つべきかと、柚子は密かに考えを巡らせた。

玲夜はまだ仕事があるということで、柚子は先に屋敷へと帰った。

芹という女性がまだその場に残っていたが、平気なふりをして部屋を出た。実際は気になって気になって仕方がないというのに。

幼馴染と言っていたか。高道がお茶を運んでくるとそれに便乗して一緒に休憩室へ入ってきて、なんとも玲夜に親しげに接していた。

玲夜に対して対等な口調で話しかける人を彼の両親以外に知らなかった柚子は、胸の奥がモヤモヤとしてくるのを止められなかった。

自分は心が狭いのかもしれない。これでは柚子に近付く男性を無差別に威嚇する玲夜を嫉妬深いなどと揶揄できないではないか。

芹はしばらく海外にいたと言っていた。

玲夜にとったら久しぶりの幼馴染との再会なのだから喜んでいるに違いない。

柚子自身も、大学で幼馴染の浩介と久しぶりに会った時には嬉しくて仕方なかった。

そこによこしまな感情はなく、きっと玲夜だって同じ。

もう少し広い心を持たねば。そう柚子が己を律していると、龍が玲夜の帰りを知らせる。

『む、あやつが帰ってきたようだぞ』

なぜ分かるのか柚子には不明だが、龍には霊力を感知できるらしい。同様に、玲夜に作られた子鬼たちも彼がどこにいるか感じられるようだ。

扉の前で、早く行こうと呼びかけるようにぴょんぴょんと飛び跳ねている。

「あいあーい」

「あい！」

「はいはい。お出迎えに行こうね」

扉を開けると、子鬼がダッシュで廊下を駆けていった。

やはり創造主だからなのか子鬼は玲夜のことがかなり好きで、帰宅時には柚子より先に向かってしまう。

一緒にいる時間は柚子の方が長いのに、尻尾をブンブン振るワンコのように柚子を置いていくのを見ると、ほんのりジェラシーが湧き起こってしまう。

しかし、かわいらしい子鬼にじゃれられている玲夜を見るのは微笑ましくもあった。

柚子も取り残されないように急いで玄関へ向かうと、ちょうど玲夜が靴を脱いでいるところだった。その足には子鬼がコアラのように張りついている。

「玲夜、おかえりなさ……」

笑顔で出迎えた柚子の表情が固まったのは、玲夜の後から芹が入ってきたからだった。

なぜ芹がいるのかという疑問で足が止まった柚子に、靴を脱ぎ終えた玲夜がいつものように頬へキスをする。

反応のない柚子に玲夜も不審そうにするが、柚子の視線の先にいる芹に目を向けて合点がいったようだ。

「柚子。少しの間、芹をこの屋敷で面倒見ることになった」

「えっ⁉」

ただ屋敷を訪れただけでなく、ここで暮らすと聞いて柚子は驚きの声をあげる。

「実家に帰ると父親に見合いを強要されるから嫌らしい」

やれやれという様子の玲夜を見るに、不本意ながらも芹を受け入れることにしたようだ。

他人には冷たい玲夜には本当に珍しい行いだった。

それだけ彼女は玲夜にとって親しい間柄だというのがうかがえ、柚子はなんとも言えない気持ちになり半目になる。

そんな柚子の心を知ってか知らずか、悪びれる様子もなく芹はからりと笑いながら謝った。

「私まだ結婚とか考えていないから口うるさい実家に帰りたくないのよ。ごめんなさいね、花嫁様」

どことなく『花嫁様』という言葉に棘がある気がするのは柚子の気のせいか。

いや、どこか柚子を小馬鹿にしたような笑みは決して被害妄想ではないと女の勘が告げている。

「ああ。でも、やっぱり私がいたら花嫁様は嫌よね？」

正直言うと嫌だ。その通りだと言って追い返したい。

どうして今日初対面の芹に対してこんなに対抗心が生まれるのか柚子にも分からないが、なにか気に食わない。

けれど相手は玲夜の幼馴染。あからさまに嫌な顔をしたら玲夜が悲しむかもしれない。

「……そんなことないですよ」

玲夜の気持ちを考えると、そう答えるしか柚子に道はなかった。

「うふふ。あら、そう？　ありがとう、花嫁様」

柚子は言葉にならない苛立ちを感じた。

すぐに夕食の時間となり、食事が運ばれてくる。

柚子はいつも通り玲夜の向かいの席。そして、玲夜の隣には芹が座っている。

若干距離が近くはないか？と思う柚子は、はっと我に返り、いかんいかんと頭を振る。

今日はどうもおかしい。こんなにも誰かに対して苛立つなど、これまでの柚子にはなかったことだ。

だが、なにやら芹のひとつひとつの言動がしゃくに障る。

そう今も……。

「ここのお屋敷の料理も美味しいわね。ほら、覚えてる？　子供の頃、私の家でお母さんが――」

芹は先ほどから、柚子には分からない話題ばかりを玲夜に振っている。柚子のことなど目に入っていないかのように。

柚子も話に入っていけないので無言で食事に集中していると、「柚子」と玲夜に名を呼ばれた。

隣ではずっと芹が話し続けているが、玲夜は相づちを打つことなく視線を柚子だけに向けていた。

「今日は大人しいな」

静かな理由に柚子第一の玲夜が気付かぬはずがないというのに、あえて聞いているように感じた。

「食事が口に合わなかったか？」

「ううん。今日もいつも通り美味しいよ」

「そうか。だが、俺には柚子が作ってくれた弁当の方がうまかった」

ふわりと柔らかな甘さを含んだ微笑みに、柚子は頬を染める。

「毎日でも食べたいぐらいだ」

甘く囁くその言葉に否を唱えることなどできるはずもない。

「玲夜が問題ないなら、また持っていってもいい？」

「もちろんだ」

そんな些細な会話だけで、それまで感じていた苛立ちが昇華されてしまう自分は単純だと分かっていても、心の内は素直だ。

すると、ふたりの会話をぶった切るかのように芹が声をあげる。

「あら、でも玲夜は仕事をしているんだから、関係ない花嫁様が行ったりしたら玲夜の気が削がれちゃうんじゃない？　ねえ、玲夜？」

「いいや。柚子を邪魔に思ったことなどない」

玲夜から同意を得られず、芹は不服そう。

仲がいいのよね？と柚子は少し疑問に思ってきた。

家に連れてきて過ごすことを許した割には玲夜の態度は素っ気ない。

芹は必死で玲夜の気を引こうとしているように思えるが、玲夜の反応は芳しくなく、その眼差しは常に柚子だけを見ている。

『これが世に言う三角関係というやつだな』

柚子にだけ聞こえるほどの大きさでぽつりと龍がつぶやいた。

むふふとした顔をしていたので、柚子は軽く龍の頭にチョップをする。

最近透子から借りた少女漫画にはまりだしたようで、そこからいらぬ言葉を覚え始めてしまった。泥沼の恋愛ドラマが一番興奮するらしい。

ずいぶんと人の世界に浸かってしまったようだ。

これが崇高な霊獣だというのだから嘆かわしい。噂(うわさ)好きの主婦とそう変わりない。

食事が終わり、席を立つ。

いつもなら夕食の後は玲夜と部屋に戻って、まったりとなにげない時間を過ごす。

この時ばかりは龍も子鬼たちも気を遣ってふたりだけにしてくれる。

玲夜にくっついて、キスをしたり、髪に触れたり、その日の話をしたり。柚子にとったら、一日で最も玲夜を近くに感じられる大好きなひと時。

最近は玲夜が忙しく、柚子が寝る間際に帰ってくることもあったので、今日はゆっくりふたりでいられる。

そう思っていたのだが……。

「玲夜」

柚子とともに部屋へ行こうとする玲夜を呼び止める芹の声。

玲夜は足を止める。

「なんだ？」

芹を振り返る玲夜の表情は、柚子へ向けるものとは似ても似つかぬ無表情。

いや、他人に比べたら若干表情も答える声色も柔らかいかもしれない。本当に若干だが、それだけでも玲夜にしてみれば珍しいことである。

なにせ玲夜は柚子以外には分かりやすいほどに感情が出ないのだ。一部の者にだけ感情を表に出すこともあるが、玲夜の両親や高道などといった本当にひと握りだけ。

そんな人たちに比べたら、芹は玲夜の中での順位はあまり高くないのかもしれないと、ふたりのやりとりで感じた。

同時に、その態度の違いに柚子はわずかな優越感を覚えてしまい、自分の性格の悪さに落ち込む。

だが、なぜか芹には負けたくないのだ。

芹は玲夜の腕にそっと触れた。

「仕事のことで話がしたいの。玲夜の部屋に行っていいかしら？」

ねっとりと絡みつくような接し方に、柚子の方が不快感で眉をひそめる。

玲夜は静かな眼差しを芹に向け、仕方なさそうに息を吐いた。

「分かった。けれど、俺の部屋じゃなく客間だ」

「ええ、それでいいわ」

「柚子も来るか？」

そう玲夜に問われ、芹とふたりにしたくなかった柚子は頷こうとしたが、芹が口を開く方が早かった。

「あら、駄目よ。仕事の話をするんだもの。関係のない花嫁様にはきっと退屈な話よ。

付き合わせちゃかわいそうよ、玲夜」

ここでもしついていくなどと駄々をこねたら、きっと馬鹿にされそうだ。

余裕がないなどと思われたくなかった。

「そうですね。玲夜、私は部屋に戻ってる」

その言葉を聞いて芹が不敵に笑ったように見えた。

けれど、このまま引き下がるのはなんとなく悔しいなどと考えながら玲夜から離れたら、柚子の肩に乗っていた子鬼たちが玲夜の背中にべたんと張りついた。

「やー！」

「あいあーい！」

「子鬼ちゃん？」

どうしたのかと不思議に思っていると、そのまま背中をよじよじとよじ登り、玲夜の肩にたどり着き、柚子に向かって自信満々そうにピースをする。

なにを言いたいのか疑問符が浮かび、首をかしげる。

『自分たちが見張っておくから任せろと言っておる』

子鬼たちの言葉が分からない柚子は、龍に通訳してもらい子鬼たちの真意を知ることができた。

「子鬼ちゃん……」

『ここは童子たちに任せておくといい』

「うん」

柚子の気持ちをおもんぱかる子鬼たちの気遣いに柚子は感動しつつ、別室へと向かっていく玲夜の背中を見送った。

それから、芹を含めた生活が始まったのである。

＊＊＊

結婚式ではサムシングフォーというものがある。

結婚式で花嫁の幸せを願う四つのアイテムのことだ。

古いもの、新しいもの、借りたもの、青いもの、それから靴の中に六ペンス銀貨を入れる。

それらを結婚式の日に身につけた花嫁は幸せになれるというおまじないである。

日本の風習ではないが、この話を聞いた柚子はぜひ取り入れたいと、芹がやってきて数日経ったある日、本家にいる玲夜の母親、沙良を訪ねていた。

目的はサムシングフォーのひとつ、〝借りたもの〟を手に入れるためなのだが、目的を忘れ沙良に愚痴りまくった。

柚子が、というよりは龍が率先して沙良に告げ口している。

『あの女、柚子に敵対心を持っておるのだ。そうに違いない！　柚子は次期当主の花嫁なのだぞ。主君の伴侶に対して無礼がすぎるであろう！』

「あい」

「あいあい」

子鬼が同意するようにうんうんと頷いている。

最初は三角関係ぐふふ。などと楽しんでいたのは龍だというのに現金なものだ。

だが、それだけ芹の行動は目に余る。

なにかあるたび玲夜に近付き、馴れ馴れしく触れ、柚子と玲夜がふたりきりになるのを阻止するかのようなことをする。

柚子への棘のある言葉選びも問題だ。

あからさまに柚子をのけ者にするような言動に、最初はおもしろがっていた龍もおかんむりとなっている。柚子がないがしろにされて黙ってはいられなくなったのだ。

「芹ちゃんねぇ……。あの子まだ玲夜君のことあきらめていなかったのかしら」

沙良は困った様子で頬に手を添える。

「どういうことですか？」

「芹ちゃんは最後まで桜子ちゃんと争っていた玲夜君の婚約者候補だったんだけど、

「そのことは聞いて……ないみたいね」

「初耳です」

初めて聞く話で、玲夜を始め、高道も雪乃や使用人たちも誰も教えてはくれなかった。いや、気を遣って言わないようにしてくれただけかもしれない。

「沙良様、ただでさえ苦手意識持っていたのに、それ聞いたら余計に苦手になっちゃいましたよ」

「あらあら」

沙良はおかしそうに、ふふっと笑う。

「柚子ちゃんが誰かをそんなに嫌がるなんて珍しいわね」

「だって、彼女あからさますぎて」

誰が見たって芹は柚子を嫌っていると気付くだろう。いや、敵対心を持っていると言った方が正しいか。

それと嫉妬。燃えさかる炎のような強い敵意を含んだ目が分かりやすく示している。

理由などひとつしかない。

「彼女は玲夜の花嫁である私が許せないんでしょうね」

「かもしれないわね。そもそも彼女は玲夜君の婚約者候補ですらなかったのよぉ」

「そうなんですか？」

「そうよ〜。筆頭分家の鬼山ほどではないにしろ、彼女の家は一族の中では発言力のある家だったから、芹ちゃんの強い懇願に負けた父親がごり押ししてきたのよ。けど、そんなずるをしても桜子ちゃんには勝てなくて、傷心した彼女は海外に行っちゃったってわけ」

柚子はなるほどと頷いた。

柚子でも桜子の方が次期当主の伴侶としてふさわしいと判断するだろう。

それだけ、桜子は他と一線を画するほどの器量よしだ。

霊力の強さは柚子には分からないが、桜子の立ち居振る舞いは品があって、どこに出しても恥ずかしくない。むしろ鬼の代表として、胸を張って送り出せる威厳と品格がある。

だが、芹にそんなものは感じなかった。

確かに柚子よりもずっと大人っぽく、やり手のキャリアウーマンのような雰囲気があるが、どこか傲慢さが垣間見える。

玲夜のことを抜きにしても、自分とはそりが合わないと柚子は思った。

「芹さんっていつまで屋敷にいるんでしょうか？」

少しの間と玲夜は言ったが、すでにいっぱいいっぱいだった。柚子の我慢の限界はもうすぐそばまで迫っている。

眉尻を下げて沙良をうかがえば、沙良も困ったような顔をする。

「どうかしらねぇ。あの子って我が強いっていうか、自分を中心に世界は回ってると思っているような子だから、なかなかあきらめないかもしれないわねぇ」

「そうですか……」

柚子はがっくりと肩を落とした。

「今度のドレスの打ち合わせにもついてくるって言うんです」

「まあ、なにそれ！」

沙良もそれは非常識だと感じたようで、わずかな怒りを見せた。

「将来の参考にしたいからっていうのが理由らしいですけど……」

それを額面通りに受け取るほど柚子もお人好しではない。なにか邪魔が入らないかと警戒している。

「玲夜君はそれを許したの？」

「はい……」

「なんか、らしくないわね」

「ですよね」

それは柚子も思っていたことだ。

いつもの玲夜なら、米粒ひとつ分でも柚子に害となると思ったら即座に行動して排除に動いている。

けれど今回はあれだけ芹が棘のある言葉をぶつけても黙殺するだけ。むしろ高道の方が柚子のために芹へ苦言を呈している。

『怪しい』

どこぞの探偵のように目をキラーンと光らせてそんなことを言いだした龍。

「怪しいって、なにが？」

『花嫁至上主義のあやかしが、害悪を放置するなど考えられん。もしや弱みでも握られておるのではなかろうな』

「玲夜の弱み……」

柚子は考えながら沙良に視線を向ける。

沙良も柚子を見ると、首をひねって考えだす。

「玲夜君が他人に弱みを握らせると思わないけど」

『だが、ないわけではなかろう？』

「うふふ。そりゃあ、母親ですもの。私なら玲夜君の弱みのひとつやふたつ持っているわよ。……けど、芹ちゃんが持ってるかしら？　あのふたりはそこまで親しくはないわよ？」

「えっ、でも幼馴染って」

家に招くほどだ。親しくないはずがない。

「ほら、玲夜君って他人には無関心っていうか、興味がないじゃない。だからグイグイ関わろうとする芹ちゃんとは確かに昔から一緒にいて幼馴染っていう関係ではあるんだけど、それ以上でもそれ以下でもないっていうか。柚子ちゃんはふたりが一緒にいるところを実際に見ていてどう思った？」

「基本、芹さんには無表情ですね。でもかすかに表情を出す時だってありますし」

「そりゃあ、まったく知らない仲じゃないもの。多少は表情が緩むことだってあるわ。けど、玲夜君が笑いかけたところを見た？」

思い返してみて柚子は首を横に振った。

芹のいる場で柚子に笑いかけることはあっても、芹に対してなにか反応したことはなかったように思う。

「でしょう？　玲夜君と親しいかどうかは、一緒にいて玲夜君が笑うかどうかよ。高道君や桜子ちゃんには笑ったりもするでしょう？」

「確かに」

沙良の言葉には柚子も納得だ。

柚子に対するような笑顔は向けずとも、玲夜の両親や高道や桜子、時には透子に対してもわずかに頬を緩めて笑いかけることはある。

それ以外には極寒の冬のように冷たい表情だ。

「玲夜君にとって芹ちゃんは、知り合い以上友達未満ってとこかしらね。他人よりはまし。けれど、限りなく知り合いに近い位置よ」

これまで玲夜の母親をやってきた人の言葉には説得力がある。

「その程度の相手なんだから柚子ちゃんはどーんと胸を張ってればいいのよ。玲夜君の婚約者はあなた以外に務まらないんだから。もし我慢ならなかったら、その時は言ってちょうだい。私がなんとかするわ！」

「はい。ありがとうございます、沙良様」

「そろそろお母様って言ってくれていいのよ？　柚子ちゃんが本当の娘になるのが待ち遠しいわぁ」

うふふと笑う沙良に、柚子は恥ずかしそうにはにかんだ。

そして、いよいよオーダードレスの打ち合わせの日がやってきた。

忙しい中、無理に時間を作ってついてきてくれる玲夜には頭が下がる。

自分ひとりで行ってもいいと言ったのだが、結婚式の準備のためだからと頑なに一緒に行くことを選んでくれた。

問題は芹だ。余計な口出しをされないかと戦々恐々だった。

沙良から、芹がもともと玲夜の婚約者候補と聞いた後ではなおさら。

柚子がよく思われていないことは芹の言動の端々から感じている。

それ故に、龍も芹の同行に憤慨して芹をじっとりとにらみつけているが、彼女はそんな眼差しなど目に入っていないようにはしゃいでいる。

芹のドレスを作りに来たわけではないのに、なぜそんなに嬉しそうなのか。

些細なことが気になって仕方ない。

柚子の心の内を察してか、子鬼がよしよしと頭を撫でてくれ、ささくれだった心が少し落ち着く。

玲夜を見上げると、芹を見て険しい顔をしている。

その様子を見て、柚子は少し安心した。

芹が一緒に来ることを玲夜が許可した時は信じられない思いだったが、決して彼の本意ではないのだ。

だが、だからこそなぜと思う。嫌なら嫌だと言える性格だろうに。

「れい――」

「玲夜！」

柚子の声の上からかぶせるように芹が玲夜を呼ぶ。

「ねぇねぇ、このドレス私に似合うと思わない？」

「そうだな」

玲夜の声はなんとも平坦だ。まったく感情が籠もっていない。

そんなあからさまな態度をものともしない芹は、柚子もびっくりするほどの強心臓である。

柚子なら玲夜に冷たい目で見られてしまうと、もう声はかけられない。

しかし、芹は分かっているのかいないのか、なおも玲夜に話しかけ続けている。

どことなく玲夜がうんざりしているように感じるのは気のせいだろうか。

「俺が芹の相手をしているから、柚子は店員と話してこい」

柚子に囁いた玲夜はそっと柚子の背を押した。

一緒に芹に付き合っていたら話が進まないと判断したのだろう。

柚子はありがたく玲夜に任せ、ドレスの打ち合わせをすべく、以前にも担当してくれた相田とともにテーブル席へ移動する。

本当は玲夜と話し合いながら決めたかったのに、これではひとりで来たのと変わりないではないか。

少し離れたところで展示されているドレスを見てははしゃぐ芹を恨めしげに一瞥してから、柚子は相田と話し合う。

「基本となるデザインを数パターン用意いたしました。ここからさらにご要望を付け加えていきたいのですが、気に入られたものはありますか？」

「そうですね……」

相田が提示してきたいくつものデザインを見ながら頭を悩ませる。

「以前に試着したのを考えると、プリンセスラインのスカートがよかったなって」

「ええ、ええ。とても素敵だと思います！」

「あとは、玲夜も言ってた肌の露出を抑えた袖のあるものにしたいです」

柚子は相田と相談しながら他のドレスの取り入れたいところを伝えていく。

次から次へと出てくる柚子の要望にも、相田は嫌な顔をせず「それいいですね」と頷いてくれる。

おかげで調子に乗って言いすぎた気がする。少し落ち着くために、出されたお茶をひと口飲んで息をついた。

「すみません。いろいろ我儘言ってしまって」

「いえいえ、皆様もっとたくさん細かくご指定されますよ。なにせ一生に一度の大事なドレスなんですから、ひとつの不満も残さないものを作りましょう！」

そう言ってもらえるとありがたい。

「では、プリンセスラインにして、レースで長袖にいたしましょう。肌をほどよく隠せて長袖のレースがエレガントになりますよ」

相田はペンを取って用紙にいろいろと書き込んでいく。

「基本となるものはこんな感じでいかがです？」

簡単に描かれたデザインに、柚子は笑顔になる。

すごくいい。

そう伝えようとした時、突然横から「それがドレスのデザイン？」と芹が入ってきた。

「芹さん。……玲夜は？」

いつの間にか玲夜の姿がない。

「玲夜なら仕事の電話がかかってきて外に出たわ。そんなことより、それが花嫁様のウェディングドレスなの？」

「……そうです」

「なんだか子供っぽいわね」

デザインをまじまじと見るや酷評しだした芹に、柚子はカチンとくる。

「花嫁様は玲夜の隣に立つってことを考えているのかしら？　こんなドレスが玲夜にふさわしいと思ってるの？　玲夜は鬼龍院のトップに立つ存在なのよ。恥をかかせては駄目よ」

その嫌みたらしい言葉に青筋が浮かぶ。柚子ではなく、その腕に巻きついて一部始終を聞いていた龍にである。

肩にいる子鬼も目をつり上げていて、今にも攻撃を仕掛けそうなほどの雰囲気だ。

「ここはもっとこうして、大人っぽくしたらいいわよ。ねえ、ちょっと描き直してちょうだい」

「は、はあ……」

いきなり修正を要求された相田が困惑している。

「ほら早く」

「は、はい」

芹の迫力に負けて、相田は言われるままデザインを勝手に変更していく。

ドンドン換えられていくデザインに、柚子の我慢も限界を突破し、テーブルを強く叩いて立ち上がった。

「やめてください！」

柚子は毅然とした態度で芹に向き合う。

「あら、私は親切心でアドバイスしてあげてるのよ？　ただでさえ足りないのだから、見た目だけでもそれなりのものを身につけなくちゃ」

なにが足りないのかとは聞かずとも分かる。玲夜の隣に立つには、柚子では不足だと言いたいのだ。

さすがにドレスまで否定され、これまでの積もり積もったものが爆発する。

「いい加減にしてください！　あなたにどう思われようと関係ありません。親切心？　いい迷惑です！　これは私と玲夜の結婚式です。他人は口を出さないで！」

強い眼差しで芹をにらみつける。

「なによ、偉そうに。花嫁でなければなんの価値もないあなたに助言してあげてるのよ。お礼ぐらい言えないのかしら」

「必要ありません。もう一度言いますけど、迷惑です。大きなお世話です。ここまでついてくるのは百歩譲って許せたとしても、ドレスにまで難癖つけないでください。そんなにドレスが着たいなら、いい人を見つけて自分の結婚式で着たらどうですか？　お相手がいればの話ですけどっ」

ふんっと鼻息を荒くして言い切った。

ひと昔前ならここでなにも返せず、ひとりで落ち込んでいたかもしれないが、柚子とて日々成長しているのである。

以前のように常に自信がなくネガティブな考えしか浮かんでこなかった柚子は今はいない。

いつまでも言われたい放題のままではないのだ。反論だってする。

この強さと自信は玲夜がくれたもの。だから、柚子は芹から目をそらすことなく胸を張る。

「邪魔をするなら帰ってください！」

とうとう言ってやったぞと気色ばむ柚子と、怒りをにじませる芹の間に流れる不穏な空気を止める声が落ちる。

「なにを騒いでいる？」

見ると、玲夜が無表情で歩いてきた。どうやら電話は終わったようだ。

すると芹が表情を歪（ゆが）め玲夜に駆け寄る。

「玲夜！」

玲夜の胸に身を寄せる芹に、柚子の顔が怖くなる。

「玲夜、ひどいのよ。花嫁様ったら私を邪魔者扱いするの。私は花嫁様のことを思って助言しただけなのに、うるさいって。迷惑だから帰れとも言われたの。あんまりだわ。そこまで邪険にしなくてもいいのに……ううっ」

目を指で拭いながら玲夜に泣きつく姿には、柚子も怒りを通り越してあきれてしまう。

完全に柚子が悪者扱いだ。

だが、かなりはしょっているが、柚子が言った内容に間違いはないので否定もできない。

柚子と芹。板挟みにあった玲夜はどうするのか少しドキドキしながら観察していると、玲夜はすがりつく芹を静かに引き剥がした。

そして、向かうのは柚子の元。

「ドレスは決まったか?」

玲夜はなかったことにしたようだ。

これには先ほどまで芹に怒っていた柚子も哀れに感じてしまう。なにせ、まったく眼中に入っていないのだから。

「玲夜! 聞いていなかったの?」

芹が怒りもあらわに玲夜へ詰め寄っていく。涙はどこへ消えてしまったのやら。

玲夜は到底幼馴染に向けるとは思えない冷めた眼差しで芹を見据える。

「芹。柚子に迷惑をかけるなら先に帰っていろ」

「なっ!」

「そもそもどうしてついてきたりしたんだ」

「それは……。今後の参考に。花嫁様だって女の意見があった方がいいでしょう?」

ばつが悪そうな顔でしどろもどろに答える芹に、玲夜は冷たくあしらう言葉をかけた。

「これは俺と柚子のためのドレスだ。他の意見など必要ない。今後の参考にしたいなら、とっとと実家に帰って見合いでもしたらどうだ？」

「玲夜までそんなことを言うの!?」

　芹はひどくショックを受けた様子で喚き散らす。

「当然だろう。親や家族が口を出すならまだしも、お前は一族の者というだけの関係性だ。次期当主である俺の結婚式に口出しできると思うな。身のほどを知れ！」

『うむうむ。その通り』

　厳しい玲夜の言葉に、龍と子鬼だけがうんうんと頷いている。

　柚子はあまりに冷たすぎる玲夜の態度に引いていた。

　いや、柚子を信じてくれたのは嬉しいのだが、あまりに突き放した言い方と眼差しが冷たすぎて極寒の雪山にいるかのようだ。

　だが、ここで柚子が芹を庇うのは違う気がするので黙っている。

　以前に透子が言っていた、玲夜は敵になる相手には女でも容赦ないから絶対に敵に回したくないという言葉が急に思い起こされた。

　恐らく、こういうところなのかもしれない。

　だが、透子がこの現場を目にしていたら、まだまだこんなものではないと柚子に忠告したことだろう。

　幼馴染ということで多少オブラートに包んでいるのだと、柚子は知らない。

思ったような反応が返ってこないと悟った芹は、悔しげに唇を噛みそのまま店外へと出ていった。

嵐が去ったとほっとする柚子の頭に玲夜が手を乗せ、そっと撫でる。

「芹がすまなかったな」

「どうして玲夜が謝るの？」

悪いのは芹だというのに、代わりに玲夜が謝罪することに不快感を覚えた。

「ねえ、芹さんっていつまで屋敷にいるの？」

核心を突いた質問をしたのはこれが初めてだった。

今までは玲夜を信じて口を挟まないようにしていたが、さすがに目に余る。

「まだしばらくは」

「しばらくっていつまで⁉」

本当はもう一日だって我慢ならない柚子は自然と口調が強くなった。

まるで玲夜を責めるような言い方になってしまい、柚子はすぐに謝る。

「ごめんなさい。でも、これ以上一緒にいたくない。関わり合いになりたくないの」

「仲良くはやれないか？」

「……できないと思う」

玲夜は深くため息をつき、「そうか……」とつぶやいたまま口を閉ざした。

まるで仲良くできない柚子が悪いと非難されているような気がして、柚子はグッと手を握りしめる。

結局、柚子の願いは通らず、それからも芹は屋敷に居続けたのだった。

3章

「はぁ」

思わず深いため息をついてしまう柚子。

芹は変わらず屋敷に住み、昼間は玲夜とともに会社へ向かい、一緒に帰ってきて夕食を食べる。柚子以上に玲夜にべったりで、気分がいいわけがない。

しかも、隙があれば柚子に毒を吐くのだ。

そのたびに龍と子鬼の顔が凶悪になっているのだが、柚子が必死で止めている。攻撃しようものなら、鬼の首を取ったように大騒ぎしそうだからだ。

芹に関して玲夜としっかり話し合いたいものの、玲夜の仕事が忙しい上に彼女が邪魔をして、なかなかふたりきりでゆっくり会話する時間も取れない。

なぜ玲夜はこんなはた迷惑な芹をそばに置いておくのか。

柚子が嫌がっていることはちゃんと伝えたというのに、芹が屋敷から出ていく様子はない。

芹と口論になる時は柚子の肩を持ってくれるものの、それ以上動いてくれない玲夜に対する不信感が募る。

モヤモヤとしたものが心の内に溜まり、こんな状態で結婚などできるのだろうかと、日を追うごとに不安が積み重なっていく。

まさか結婚した後も芹は居続けるのではないかと、最悪な予想が頭をよぎり怖くなる。

「マリッジブルー？」

そう問うように口にしたのは蛇塚だ。

つわりでしんどい透子には相談がしづらく、最近の相談相手はもっぱら蛇塚となっていた。

今日も今日とてカフェにて蛇塚に芹への愚痴混じりの話をしつつ、玲夜とやっていけるか心配になってきたと告げたところ、先ほどの言葉が返ってきたのだ。

「マリッジブルー……。そうなのかなぁ？」

聞かれても、経験のない蛇塚には分からないだろう。困ったようにこてんと首をかしげる。

「透子に相談したみたら？」

「透子もつわりで辛そうだしなぁ。私のことで煩わせるのも申し訳ないし。なにより、透子がマリッジブルーなんて繊細な気持ちが理解できると思う？」

「……思わない」

透子ならマリッジブルーらしき感情を抱いた瞬間、丸めてゴミ箱に捨ててしまうだろう。

頼もしいが、相談相手には向かなそうだ。

「むしろにゃん吉君の方がマリッジブルーになりそう」

蛇塚は苦笑を浮かべ頷いた。

繊細さで言えば確実に東吉に軍配があがる。まあ、当の本人は透子と籍を入れられて浮かれまくっているので、無駄な心配に違いないが。

「……私って性格悪いかな？　どうしても彼女のこと好きになれなくて、早く出ていってって思っちゃう」

嫉妬などとかわいらしいものではない。嫌いで嫌いで仕方ないのだ。芹の顔も見たくない。

おそらく向こうも同じ気持ちだろうと思っている。

玲夜に早く追い出されることを願う自分の性格の悪さに自己嫌悪してしまう。

『柚子は悪くない。我もあの女は好かぬ』

「あーいあい」

「あいあい！」

龍の言葉に子鬼も激しく頷く。

『それにしても大事な花嫁が困っているというのになぜあの男は放置しておるのだ？　我には理解できぬ。あやつができぬと言うならいっそ我らで追い出すか』

不穏な空気を漂わせる龍から冗談は感じない。

「駄目だって。玲夜が許してるんだから、勝手に追い出す権利なんてないもの。私だって置いてもらってる立場なわけだし」

『柚子は花嫁であろうが！　あの女とは立場がまったく違う！』

確かに柚子は女主人として屋敷の使用人たちからも認められているし、玲夜は結婚していなくともそのように扱うよう使用人たちに厳命している。

だが、やはりあの屋敷の絶対君主は玲夜なのだ。

いかに芹が使用人たちからも不満を持たれていようと、龍や子鬼が怒り爆発寸前だとしても、さらにはすでにまろとみるくが芹を追い出すべくいたずらを開始していようとも、玲夜の許可なく追い出せない。

「なにか考えがあるんじゃないかな？」

蛇塚は冷静にそんなことを口にした。

「考えって？」

「それは分からないけど、あやかしにとって花嫁は絶対だ。小さな害悪にだってさらしたくない。真綿で包むように大切にしたいのに、あえてそんな女を見過ごしているのは、それなりの理由があるはずだと俺は思う」

花嫁を持ったことのある蛇塚の言葉には説得力があり、柚子はなにも言えなくなる。

「もう少し信じて待ってみたら？　あやかしが花嫁を裏切ることは絶対にないから」

蛇塚の言葉はとても静かに柚子の中に落ち着いた。

「……そうだね。蛇塚君の言うようにもう少し様子を見てみる」

「うん。柚子はいい子。頑張れ」

柚子の出した答えに、蛇塚は優しく微笑んで頭をぽんぽんと撫でる。

その時、冷気が柚子を襲った。

「寒っ」

ぶるりと肩を抱いた柚子は辺りを見回して、「あっ」と声をあげる。

柚子の視線の先には、以前にも見た白髪の女の子。今日もじっとにらみつけている。

四年生になってからたびたび目撃するようになっていた彼女は、柚子が視線や冷気を感じた時に必ず近くで柚子を見ていた。

何度か柚子の方から声をかけようとしたが、近付くとすたこら逃げていってしまう。

そしてまた離れたところから柚子をにらむのだ。

まるで野生の小動物に遭遇してしまったような気持ちになる。

蛇塚と面識があるようなので彼女のことを聞くと、彼女の名前は白雪杏那(しらゆきあんな)。雪女の一族で、大学一年生らしい。

どんな関係なのかと問うたら、蛇塚からは『特に害はないから』というなんとも曖昧な回答が返ってきた。

なぜ柚子をにらんでいるのかも不明のまま、蛇塚の言う通り一定距離以上近付いてはこないので放置している。

それからしばらく経ったある日。

カフェで東吉と蛇塚を待っていると、蛇塚が白雪を連れて姿を見せた。

ようやく近寄ってくる気になったのかという思いより、そのふたりの手がつながれていることに目がいった。

東吉も同じようで、ふたりの手に目が釘付けとなっている。

「杏那も一緒にいい？」

「う、うん」

「どうぞ……」

唖然（あぜん）としたまま頷いた柚子と東吉はひそひそと話し始める。

「えっ、にゃん吉君、このふたりどういう関係？」

「俺が知るか」

「これってそういうこと？　だよね、だよねっ？」

興奮してきた柚子と驚きを隠せない東吉に、蛇塚が「あのさ」と話し始めたことでふたりも姿勢を正す。

「彼女、白雪杏那。前にも話したと思うけど」

「はじめまして、白雪杏那です！」

少しおどおどしながら必死に挨拶をする白雪は小動物を連想させ、なんともかわいらしい。

「それで、ふたりが柚子と東吉」

「はじめまして」

「おう。よろしく」

蛇塚に紹介され、柚子と東吉も頭を下げて挨拶する。

「それで、まずは杏那が柚子に謝りたいって」

「えっ、私？」

名指しされた柚子が首をかしげると、白雪は深々と頭を下げた。

「これまで大変失礼をいたしました。最近柊斗さんが柚子さんとばかりいるのが嫉ましかったんです。しかも貴重な笑顔まで向けられているのを見てしまったら我慢ができなくて、思わず柚子さんを凍らせそうに……。くっ、柊斗さんの笑顔っ。私だって滅多に見せてもらえないのに、なんて羨ましい！」

思い出して再び怒りがぶり返したのか、杏那から冷蔵庫に閉じ込められたかのような冷気があふれる。

東吉が寒さのあまりくしゃみをした。

周りのテーブルの人たちも震えているではないか。

「杏那、漏れてる」

蛇塚に肩を叩かれてはっと我に返った杏那が「ああ！　すみません！」と謝り冷気を収める。

さすが雪女。鬼である玲夜は青い炎を使うが、雪女は冷気を扱うらしい。

どうやら知らぬうちに柚子は凍らされそうになっていたようだ。

そう考えると背筋がひやりとする。

「杏那は柚子にやきもち焼いてたんだ」

「なるほど」

柚子も合点がいった。

やはり他の誰でもなく自分がにらまれていたようである。

だが、今なにより気になったのは別のこと。

「えっと、やきもちって、それってつまりはその……。ふたりの関係は……」

「うん。付き合い始めた」

蛇塚が決定的な言葉を口にする。

「実は以前から柊斗さんのことが好きだったんです。でも、その時は柊斗さんには花嫁がいて、あきらめようって……。だけど今はフリーだって話を聞いて告白しようと決めて。最初はいい返事をもらえなかったんですけど、あきらめきれなくて何度も何度もアタックしてたら、先日やっとオッケーをいただきました」

恥じらいながらはにかむ白雪はまさに恋する乙女だった。

「ふあぁぁ！」

柚子は驚きと興奮と喜びがごちゃ混ぜになった声をあげる。

梓という花嫁を失ってから数年。ずっと色恋には無関心だった蛇塚。

そもそも花嫁を得られなかったあやかしが次の相手を見つけるのは難しいとされている。

それだけあやかしにとって花嫁の存在は大きいのだ。

けれど友人である柚子たちはずっと願っていた。

どうか蛇塚にも新しい縁がありますようにと。

そんな蛇塚にとうとう彼女ができたのだ。興奮するなという方が無理がある。

「にゃん吉君！　にゃん吉君！」

柚子はバシバシと東吉を叩いた。興奮が抑えきれない。

「落ち着け、柚子！」

「落ち着いてなんていられないよ。はっ、透子に報告しないと！」

素早くスマホを取り出して透子に電話する。

すぐに出た透子に感情を抑えられぬまま報告すると、電話の向こうでも騒ぎだした声が漏れて蛇塚に届いた。

ひと通り透子と一緒に大はしゃぎした柚子は落ち着きを取り戻し、電話を切ると透子からの伝言を伝える。

「蛇塚君。透子が今度彼女を連れてこいって。盛大にパーティーしようって言ってた」

「うん」

蛇塚は嬉しそうに小さく微笑んだ。

その表情はとても幸せそうで、柚子まで嬉しくなる。

「透子から根掘り葉掘り聞かれると思うから覚悟しといた方がいいよ」

「透子は容赦ないからな」

苦笑しながら蛇塚を見る東吉の眼差しも、やはり優しいものだった。東吉も蛇塚のことはずっと気にしていたのだろう。

「そうだ。言い忘れてたけど、おめでとう、蛇塚君」

「ありがとう」

今度は満面の笑顔で応える蛇塚に柚子も笑い返すと、ひゅうぅぅと冷気が襲う。

「柊斗さんの笑顔を独り占めするなんてずるい……」

「えっ、えっ」

戸惑う柚子になおも冷気は留まることをしらない。

「杏那、柚子は友達」

「そ、そうですよね。私ったらつい」

柚子に向かって「ごめんなさい」と謝る白雪は、先ほど嫉妬に怒り狂った怖い顔とは似ても似つかぬしょんぼりとした庇護欲を誘う顔をしている。

「雪女は嫉妬深いあやかしで有名だからな。気を付けろよ、柚子。へたすると凍死するぞ」

ぽそりと東吉が忠告する。

「ははは……。クーラーいらずだね……」

柚子からは乾いた笑いが出てくる。

これからは夏でも毛布が必需品になるかもしれない。

彼女の前で不用意な発言は気を付けようと柚子は心に誓った。

＊＊＊

今日は待ちに待った日。

柚子は朝からそわそわしながら大学に行き、講義が終わると急いで帰ってきた。

「ただいまかえりました！」

「おかえりなさいませ、柚子様」

玄関に入れば雪乃を始めとした数人の使用人が出迎えてくれる。

「雪乃さん。例のものは」

期待に目を輝かせる柚子に、雪乃はにっこりと微笑む。

「もう届いておりますよ。衣装部屋に飾っております」

「見に行ってもいいですか？」

「ええ、もちろんでございます。ですが、その前に荷物をお預かりいたしますね」

柚子はまだ靴すら脱いでいないことを思い出して、慌てて雪乃に鞄を渡し靴を脱ぐ。

本当は駆けていきたいのをぐっとこらえ、しずしずと歩く雪乃の後についていく。

向かったのは、柚子がこれまでに玲夜や玲夜の両親からいただいた着物を置いてある和室の部屋だ。

出かけるために着物の着付けをする時もこの部屋を使っている。

部屋のふすまを開けると、一番に目に入ってきたのは色鮮やかな赤。

衣桁（いこう）にかけられた着物は、以前に玲夜とともに行った呉服店で選んだ結婚式のための色打ち掛けである。

選んだ時はまだ生地だったが、ようやく仕立て終わったのだ。

今日届くと聞いて、大学をずる休みしたくなったほどに待ち遠しかった。

「うわぁ」

想像以上の美しい仕上がりに柚子から感嘆のため息が出る。

「あーい」

「あいあい」

子鬼たちにも着物の素晴らしさが伝わったのか、着物の前をぴょんぴょん飛び跳ねる。

柚子も同じように飛び跳ねたいほど嬉しいが、雪乃がいるので我慢だ。大学生にもなって子供っぽい姿を見せられない。

「雪乃さん、これさわっても大丈夫ですか？」

「当然でございます。柚子様のお衣装ですもの」

恐る恐る手を伸ばし、壊れ物を扱うようにそっと触れた。

自分のための衣装。ドレスの方はまだだが、こうして結婚式のための衣装が手元に来ると想像してしまう。これを着て玲夜の隣に立つ自分の姿を。

「柚子様、上から羽織ってみますか？」

「えっ」

雪乃の提案には心引かれたが……。

「うーん。着たい……けど、今はやめておきます。玲夜にも見てほしいから」

これを着た時の感動は、ぜひ玲夜と共有したかった。

「そうですね。きっとお喜びになりますよ」

雪乃は微笑ましげに表情を和らげた。

「白無垢も後日届けにいらっしゃるとのことです。楽しみですね」

「はい！」

雪乃が去った後もその場に居続けた柚子は、飽きることなく赤い色打ち掛けを見てはうっとりとしていた。

「はぁ、綺麗……」

『確かに見事な着物だな』

感心した様子でじっくりと観察する龍にも納得の衣装であるようだ。

「でしょう？」

『ところで我のは届かなかったのか？』

そういえば龍も自分の衣装を注文していたのを思い出す。

「雪乃さんはなにも言ってなかったけど？」

『なんと！』

「白無垢もまだだからその時に一緒に届けてくれるんじゃない？」

『そうかそうか』

ころりと表情を変えて嬉しそうににんまりする龍。

「どんな衣装にしたの？」

『それは当日のお楽しみだ』

「変なの着ないでね」

『任せておけ！』

自信満々なのが逆に不安だ。

「そういえば、結婚式をする時に使う桜はどうするんだろ？」

『む？』

「ほら、鬼の一族の結婚式は本家で行われるでしょう？　その時に盃に桜の花びらと血を落として飲み干すの。けど、本家の桜の木は不思議な力をなくして花を咲かさなくなったからどうするのかなって」

大昔より本家にあった不思議な力を持った桜の木は、枯れることなく年中花を咲かせていた。しかし初代花嫁の心残りが解消されたとともに枯れていった。

その後、鬼の一族では枯れない桜が枯れたと大騒ぎになったと聞いた。

玲夜の父親で当主でもある千夜がうまく収拾したらしいが、一族の結婚式にはその桜の花びらを使っていたので、枯れてしまっては使えない。

毎年本家で行われている春の宴も、今年はその桜が咲かなかったと中止になったほどだ。結婚式への影響はどれほどのものなのか気になる。

『それなら大丈夫であろう。桜の木は枯れたのではなく、力をなくして普通の木になっただけだ。さすがに今年は咲かなかったが、式をする来年の春にはちょうど満開になっている頃合いだろう』

「そっか。それなら安心ね」

鬼の一族よりもその辺りのことには詳しい龍が言うのなら間違いはないだろう。

心配事がひとつ解消された。

しばらく堪能した後、夜帰ってきた玲夜の手を取り、着物を飾ってある部屋に直行した。

早く見せたくて仕方なかった柚子の喜びを理解したかのように、玲夜も穏やかな笑みを浮かべる。

部屋の入口から無表情で眺めている芹には気付かず、柚子はただひたすらにこの湧き上がる感情を玲夜へと伝え続けた。

「なに、これ……」

翌朝、まだまだ見足りない柚子が衣装部屋へ行くと、無残にも黒い液体で汚された色打ち掛けがあった。

絶望にも似た気持ちで呆然と立ち尽くす柚子の腕に巻きついていた龍が離れ、色打ち掛けへと鼻を近付ける。

『むっ、これは墨汁だな』

「墨汁……。なんで？　誰がこんなこと……」

その時、くすりと笑う声が聞こえて振り返ると、顔を歪めて嘲笑う芹の姿があった。

「まさか、これ芹さんがやったんですか？」

考えたくない。いくら芹でもここまでひどい行為をするとは思いたくはなかった。

「なにそれ。私がやったなんて証拠があるの!?」

激昂（げっこう）する芹に、気圧される柚子。

「ありません。でも、いま笑ってたじゃないですか」

「それが証拠になるわけないじゃない。見たわけでもないのに人を疑うのやめてよね。そんな性格だから嫌っている誰かにいたずらされたんじゃないの？」

「っっ」

言い返せない。確かに証拠はどこにもないのだ。

すると、柚子の足下をまろとみるくが撫でるように歩く。

「アオーン！」

「あい？」

「みゃーん」

「あいあい？」

子鬼がトコトコとまろとみるくに近付きなにか話しだすと、それに応えるように二匹も鳴き声をあげている。

するとと、龍もその会話に加わる。

『それは本当か!?』

「アオーン」

「あいあいあい」

柚子には分からない会話が終わると、全員の視線が芹に向けられる。

子鬼は目をつり上げ、龍は怒りを爆発させた。

『やはり貴様ではないか！　貴様が柚子の大事な着物を汚したのだな！』

「な、なにを根拠に」

芹は動揺したようにうろたえる。

『猫たちが見ておったのだ。夜中に黒い液体の入ったボトルを持ってこの部屋に入っていく貴様をな！』

「猫たちって。猫が証人になるわけないでしょ。馬鹿にしてるの⁉」

芹は顔を赤くして反論している。

『こやつらは霊獣だ。ただの猫と一緒にするでないわ！』

「アオーン」

「ニャーン！」

そうだと言うように鳴くまろとみるくは、芹の足に飛びついて思いっきり噛みついた。

「きゃあ！　痛い！」

じたばたと暴れる芹は必死で二匹を振り払おうとするが、二匹はてこでも離れない。

「痛い、痛い！」

へんてこな踊りをするように足を動かし大暴れする芹に、使用人たちも何事かと集まってくる。そして、部屋の中に飾ってある色打ち掛けに視線を向けて絶句した。

「うそ、ひどい」

「あれは柚子様の花嫁衣装ではないか」

「なんてこと」

『この女がやったのだ！』

龍の怒鳴るような声は十分使用人たちの耳に届き、怒りの含んだ眼差しが芹に向けられる。

ようやくまろとみるくも芹から離れた。

使用人頭がすっと前に出てきて芹に問う。

「芹様、霊獣様のおっしゃることは本当ですか？」

「関係ないでしょう！」

「私は事実かを聞いておるのです！」

非難混じりの眼差しがその場にいた使用人全員から向けられ、さしもの芹もじりじり後ずさる。

そこへ現れた玲夜は居並ぶ面々を見て眉根を寄せた。

「なんの騒ぎだ」

「玲夜」

芹は味方を得たりと言わんばかりに表情を明るくした。

「玲夜、ひどいのよ。皆して私を犯人扱いしてきて」

すがりつく芹を引き剥がし玲夜が見たのは、黒く汚れきった色打ち掛けの前で力なく座り込む柚子の姿だった。

「これは……」

さすがの玲夜も、この惨状には言葉もないようだ。

しかし、すぐに意識は柚子へ向かう。

「柚子」

座り込む柚子の横に膝をつき、頬に手を伸ばし俯(うつむ)いた顔を上げさせる。

その顔は涙に濡(ぬ)れていた。

たくさんの候補の中から悩みに悩んでやっと決めた色打ち掛け。

昨日やっとできあがったものが届いたばかりだったのだ。もったいなくて、まだ一度も袖を通してすらいない。

そんな大事な衣装が汚されてしまった。

しかもよりにもよって墨汁だなんて。きっとクリーニングしたところで綺麗には落ちない。結婚式で着ることは不可能だろう。

柚子の心は悲しいのか怒りなのか分からない感情で埋め尽くされていく。

「玲夜……。芹さんを、彼女をここから追い出して」

これまで思ってはいても決して口には出さなかった。けれど、これ以上は無理だ。

「お願いっ」

玲夜の服をぎゅっと掴み、涙があふれた目で懇願する。

玲夜は柚子の手をそっと外し立ち上がった。

「本家に行ってくる」

それは柚子が望んだ答えとは違っていた。

「玲夜っ！」

柚子は声を枯らさんばかりに叫んだが、玲夜はそのまま行ってしまった。

どうしてこんな状況で本家に行くのか。他に優先すべきものがあるのではないのか。

もう玲夜を信じていいのか分からなくなった。

「ふっ、うっ……」

ぽろぽろと次々に涙が零れ落ち、畳へと染み込んでいく。

そんな柚子に雪乃が駆け寄り肩に手を乗せる。

「柚子様、一度お部屋に戻りましょう」

「アオーン」

「にゃーん」

まろとみるくが元気付けるようにスリスリと柚子に頭を擦りつける。

柚子はゆっくりと立ち上がり、雪乃に支えられるようにして力なく部屋へと戻った。

しばらく部屋で泣き続け、ようやく涙も止まったところで雪乃が温かいミルクを作ってきてくれた。

それを少しずつ飲むと、ようやくほっとひと息つけた。

「あーい？」

子鬼が心配そうに様子をうかがう。

「もう大丈夫。ありがとう」

「あいあい」

子鬼はにぱっと笑い、手を上げる。

まろとみるくもずっとくっついており、柚子を心配してくれているのが分かって申し訳なくなる。

感謝を伝えるように二匹の頭を優しく撫でた。

龍もかなり心配しただろう。ちゃんと謝罪と感謝を伝えなければ。

そう思ったところで、柚子はようやく龍の姿がないことに気付いた。

「そういえば龍は？」

「あーい？」

「やー？」

子鬼も今気付いたのか、辺りをきょろきょろ見回し、クッションの下や引き出しの中など、そこにはいないだろうと思うところまで部屋の隅々を探し回るが、見つからずに首をかしげている。

その時、バタバタと誰かの走る音が近付いてきたかと思うと、慌てたように雪乃が入ってきた。

「柚子様、大変です！」

「どうしたんですか？」

「たった今桜子様と高道様がいらっしゃいまして、一触即発なんです！」

「えっ、誰と？」

とりあえず来てほしいとお願いする雪乃についていくと、ちょうどバシンと大きな音を立てて芹が桜子に頬を引っ叩かれているところだった。

柚子は目を丸くした。

「桜子さん？」

「まあ、柚子様」

桜子は柚子に気付くと、聖母のように柔らかな微笑みを浮かべる。とてもじゃないが、人を叩いた後にする表情ではない。

「なにするのよ！」

叩かれた芹が文句を言っているが、桜子はそれを黙殺し、柚子の元に来て手を優しく握る。

「お衣装は残念でしたね。ですが、私が来たからにはもう大丈夫ですよ。柚子様に無体な真似はさせません」

「どうしてそれを？」

『我が教えたのだ』

桜子の肩から顔を覗かした龍。

「いつの間に……。姿が見えないと思ったら、桜子さんのところに行ってたの？」

『こういう時はおなごの方が頼りになるからな』

得意げにふんぞり返る龍とは対照的に、柚子は申し訳なさが募る。まさか自分事で桜子にまで迷惑をかけてしまうとは。

「すみません。桜子さんにまでご迷惑を……」

「そんなことかまいませんわ。私と柚子様の仲ではございませんの」

「ちょっと、私を無視しないで！」

横から芹が入ってきた途端、すっと桜子の目つきが冷たくなる。

柚子でもひやりとするような冷ややかさだったが、眼差しが向けられたのは芹に対してだ。

「あら、まだいたんですか、負け犬さん。とっくに出ていったと思っていましたわ。恥知らずとはまさにあなたのためにあるかのような言葉ですわね」

「なんですって!?」

「事実でしょう？　親の力を使って候補にねじ込んだはいいものの、一族にはあっさりと首を振られてしまって。にもかかわらず、未練がましく玲夜様のお屋敷でご厄介になるなんて恥ずかしくはないのでしょうか？」

芹は今にも歯ぎしりが聞こえてきそうなほど悔しげに顔を歪める。

「っ、確かにあなたには負けたわ。悔しいけどそれは認めるしかない。でも、あなただから私は引いたのよ。間違ってもこんな女に玲夜を渡すためじゃないわ」

「引いた？　逃げ出したの間違いでは？　そもそも魅力もなければ価値もない方が選ばれるはずないでしょう？」

「そんなことない！　この子さえいなかったら私が選ばれてるわ！　玲夜だってそれを望んでるはず。現に私を追い出さないのが証拠じゃない」

確かに玲夜が芹を追い出さないのは事実であり、柚子は表情を暗くする。

しかし、桜子は鼻で笑った。

「万が一にもありえませんが、億が一柚子様が玲夜様から離れたとしてもあなたが選ばれることなどありません。なにせ、柚子様の次には高道様が控えていらっしゃるのですから、あなたの入る隙などございませんのよ」

「いや、ちょっと待ちなさい」

これまで黙っていた高道がぎょっとして止めに入ろうとする。

「玲夜様に高道様という存在がいらっしゃるかぎり、伴侶になどなれはしません！」

芹は混乱と衝撃を受けたような顔で高道を見てから桜子に視線を戻す。

桜子は一点の迷いもない堂々としたものだった。それが芹に激しい勘違いを与える。

「えっ……。まさかふたりはそういう仲だったの……？」

「その通りです」

「断じて違います！」

得意げに胸を張る桜子の横で、高道は悲鳴のような声をあげて否定する。

「桜子！　あなたはまだそんなことを言っているのですか⁉」

「玲夜様に高道様が必要不可欠な存在なのは事実です。この世の真理です」

「意味が違います！」

だんだんと話がズレ始めてきた。

「私はあなたの夫でしょう⁉」

「おふたりのためならこの桜子、いつでも身を引く覚悟はできております」

「そんな覚悟、ゴミ箱に捨ててしまいなさい！」

桜子と芹の口論が、いつの間にか桜子と高道の夫婦喧嘩になっている。

いや、これは喧嘩というより漫才か。

夫婦漫才が繰り広げられる中、放置された芹は柚子をギッとにらみつけた。

「花嫁なんて、所詮は強い子を産むだけの道具じゃない。子供を産むまでは許してあげるから、それが終わったら玲夜を返してちょうだい！」

柚子は爪が食い込むほどぐっと拳を握る。あまりの怒りに体が震えた。

「私は子を産む道具ではないし、子供だって家の繁栄のための道具なんかじゃない。それは玲夜もよ。返すとか返さないとか物みたいに言わないで。私と玲夜は愛し合ってそばにいるの」

「あなたが玲夜のなにを知ってるというのよ！」

「あなたよりはずっと知ってるわ！」

癇癪（かんしゃく）を起こす芹のさらに上から言葉を投げつける。

芹は玲夜の幼馴染かもしれないが、芹に負けないぐらい玲夜のことは知っている。

時に子供っぽいほど嫉妬深く、独占欲が強く、けれど優しく、甘くて、なんだかんだで最後は柚子の意思を尊重してくれる。

そんな玲夜を知っているのは自分だけだと柚子は胸を張って言えるだろう。

それは決して芹の知ることのない玲夜の姿だ。

「この！　生意気な」

顔を真っ赤にして振り上げられた手。

殴られると理解したが、逃げたくない柚子は次に襲ってくる痛みを覚悟した。

けれど、いつまで経ってもその手が柚子に届くことはない。

それは、芹の腕を玲夜が掴んだからだった。

「玲夜……」

本家に行ったのではなかったのか。

話したいこと、聞きたいことはたくさんあったが、痛みをこらえるような玲夜の表情を見たらどうでもよくなった。

玲夜は芹の腕を離すと、彼女を一瞥すらせず柚子をぎゅっと抱きしめた。

「悪かった柚子。いろいろと我慢させた。けれど、もう大丈夫だから」

労るような優しい声色に、柚子はなにも口にせず玲夜にしがみついた。

本当はもっと責めて怒りをぶつけたかったはずなのに、代わりにポロリと涙がひと筋頬を伝った。

「玲夜様」

声をかけた桜子を見ると、その顔はひどく怒りに彩られていた。

「柚子様をこんなに悲しませて、苦言を呈したいことがたくさんあります。ですが、その前にこの負け犬さんを放置したりしませんわよね？」

にっこりと微笑む桜子の目は氷のように冷たかった。

「ああ、もちろんだ。迷惑をかけたな」

そして、玲夜は芹へと視線を向ける。

「芹、お前は今すぐこの屋敷から出ていけ」

それは柚子がずっと願ったことだった。

今朝にはなにも言わなかったのに、なぜ今になってそれを口にするのか。

問いたかったが、見上げた玲夜の目があまりにも殺気立っていたので、柚子は口を挟めなかった。

「どうして玲夜までそんなこと言うの？　私はなにもしていないわ」

「御託は必要ない。お前は柚子を悲しませた。それだけで追い出す理由には十分だ」

「玲夜──」

差し伸ばされた芹の手を冷めた目で見てから、玲夜は使用人頭を呼ぶ。

「道空。芹を本家へ連れていけ」

「ただちに」

その命令を待っていましたとばかりに、道空はどことなく嬉しそうに芹の背を押す。

「さあ、芹様こちらへ」

「ちょ、ちょっと待ってよ！　玲夜、玲夜！」

道空だけでは足りず、わらわらと使用人たちが集まってきて芹を柚子たちの前から退場させる。

そしてそのまま車に乗せられ芹は屋敷から追い出された。

まさにあっという間の出来事だった。

こんなにも簡単に追い出せるのに、なぜ今まで芹を放置していたのか。

芹がいなくなったことでようやく問うた柚子に、玲夜は説明する。

「芹をここに置いておくのは父さんの指示だった」

「千夜様の？」

「ああ。実は俺と柚子の結婚式が決定したことを一族に話した。ほとんどの一族は花嫁であり龍の加護を持つ柚子を歓迎したようだ。そんな中で、ある家が柚子を排除しようとするような不審な動きを始めたのを父さんが察知したんだが、それが鬼沢家だった」

「鬼沢って芹さんの？」

玲夜はこくりと頷く。

「ずっと海外にいながら、あまりにもタイミングよく帰ってきた芹を警戒するのは自然の流れだった。そこで、父さんは芹を泳がせて様子を見ろと監視を俺に命じたんだ」

「だから追い出せなかったの？」

「そういうことだ。だが、今朝の件でさすがにこれ以上芹を置いておくのは柚子のためにならないと感じた。それで追い出す許可をもらうべく父さんに会いに本家へ行ったんだ」

無事芹を追い出したということは、千夜から許可が出たということなのだろう。
言ってくれたらよかったのにと柚子は思ったが、鬼の一族に関すること。柚子にお
いそれとは告げられなかったのかもしれない。
「玲夜様。それで、彼女はどうなさいますの？　まさか不問にはいたしませんよね？」
今日は始終背筋が冷たくなるような笑顔の桜子が問いかける。
玲夜は「当然だ」と、仁王様も裸足で逃げ出すような酷薄な笑みを浮かべた。
「柚子を悲しませた代償は払ってもらう。花嫁衣装を台なしにしたことは、父さん以
上に母さんがかなり怒っているようだからな」
「それを聞いて安心いたしました」
うふふっと上品に笑う桜子はようやく機嫌がよくなったようだ。
だが、笑い合うふたりにはあまり逆らいたくない雰囲気が充満していた。

＊＊＊

玲夜に屋敷を追い出されてそのまま本家へと送られた芹を待っていたのは、玲夜の
父であり、鬼の一族の当主である千夜だった。
「おじ様！」

芹は千夜を前にすると、すがるような眼差しで正面に座った。

当主に対して『おじ様』とはなんとも無礼千万だが、玲夜の幼馴染を公言している芹は、昔から親しげにそう呼んでいた。千夜がどう思っているかは考えることなく。

千夜はいつものほわんとした、人を穏やかにさせるような人好きのする笑みを浮かべている。

芹はいかに自分が不当な扱いを受けたかを切々と訴えた。

「おじ様も玲夜に言ってください。私はなにも悪くないのに、皆して花嫁の肩を持って。花嫁を持って玲夜はどうかしてしまったのよ。前はあんな風に私を邪険にすることはなかったのに。全部あの花嫁のせいだわ」

まだまだ続きそうな不満の言葉をぶった切って、千夜が口を開く。

「別に玲夜君はどうもしてないよ～。ただ、本当に愛する人を見つけただけのこと。それに君にだって態度は変わっていないはずだ。前々からあんなだったのを、君こそ忘れてしまったのかい？」

「おじ様？」

「玲夜君が君をそばに置いていたのはあの子が望んだからじゃなくて、君が一方的につきまとってたからだろう？」

「つきまとってたなんて、そんな言い方……」

芹は同調してくれない千夜に不満そうな顔をする。

「玲夜君は他人には無関心だからねぇ。そして面倒くさがりでもある。君がいることで玲夜君に近付いてくる女の子たちを牽制できるから、なにも言わずに許していたにすぎないのに。なにを勘違いしたのか、好意があるなんて思っちゃったんだねぇ」

ニコニコとした笑みで「恥ずかしい〜」と毒を吐く千夜に、芹はカッと顔を赤くする。

「おじ様！」

「そうそれ。君は昔から僕をおじ様なんて呼ぶけど、やめてくれるかな。僕は一族の当主であって、君のおじさんじゃないんだよ」

穏やかな話し方に穏やかな笑顔。けれど、そこに含まれる威圧感に芹はようやく気付いて顔色を変えた。

「こちらの都合で君を泳がしたけど、まさか柚子ちゃんにあそこまでしちゃうなんてね。ほんと救いようがない愚かさだ。でもまあ、君は家とは関係なかったようだからもういいよ、用済みだ」

「な、なにをおっしゃっているんですか？」

芹も千夜からなにかを感じ取ったのか、話し方を丁寧なものへと変える。

「聞こえなかったかい？　君はもう必要ないと言ったんだ」

普段穏やかな千夜が見せる冷酷な一面。

「沙良ちゃんに怒られちゃったよ〜。柚子ちゃんを泣かせるなってねぇ」

話す言葉は軽いのに、千夜から感じられる強い覇気に芹は先ほどまでの勢いをなくし、体が震え出すのを抑えるのでいっぱいだった。

こんな千夜を芹は知らない。

だが、これこそが千夜。頼りなさげにのほほんとしていようとも、一族が頭を垂れる鬼の当主本来の姿である。

「君には再び海外に行ってもらう。そして二度と日本へ戻ってくることは許さない。これは当主命令だから異論は認めないよ。ちょうど、これから開拓したい地域があってねぇ。まあ、ちょっと不便な僻地だけどいいよね？　なにせ一族の大事な花嫁を虐めたことへの罰にしたら優しいものなんだから」

にいっと口角を上げた千夜の笑みは、まさしく玲夜の父親だと感じられる冷たく酷薄なものだった。

芹が出ていった後、別のふすまが開き不満顔の沙良が出てくる。

隣の部屋で話を聞いていたのだ。

「もう。私が直々にお仕置きしたかったのに」

「ごめんねぇ、沙良ちゃん」

この時にはいつもの通りのへらりとした笑みへと戻っていた千夜が、笑いながら謝る。

沙良は千夜の隣に座り、もたれかかった。

千夜は自然な様子で沙良の肩に手を回す。

「沙良ちゃんの気持ちも分かるけどさぁ。一応僕が当主だしぃ。後始末は僕がつけないと」

「分かっているけど腹立たしいわ。あんな女に柚子ちゃんが泣かされたかと思うと。しかも花嫁衣装を台なしにされたのよ！　同じ女としてどんなに辛いか理解していてやったのよ、あの子。海外に飛ばすぐらいじゃ割に合わない！」

沙良の収まらない怒りに、千夜は困り顔。

「まあまあ、落ち着いて。彼女に命じた赴任先は結構過酷な場所を選んだから、今後はじっくりと自分の馬鹿さ加減を見つめ直すことになるよ〜。それに、これをきっかけに鬼沢家を管理不行き届きってことで処罰できるし」

「今後は柚子ちゃんを悲しませることはしないでね」

「うーん。鋭意努力はするよ〜」

はっきりと頷かなかった千夜に、沙良はじとっとした眼差しを向ける。

「まさかまだなにかあるの？」

「えーっと。あるようなないような……」

千夜は視線をさまよわせてしどろもどろ。

沙良の目つきが変わった。千夜の胸ぐらを掴んで前後に揺する。

「千夜君！　いくら千夜君でもこれ以上柚子ちゃんを巻き込んだら許さないんだからね。離婚よ、離婚！」

「えぇ！　ちょっと待ってよ、沙良ちゃぁん」

その日からしばらく沙良の機嫌は悪かったとか。

4章

芹によって使い物にならなくなった着物は、一応呉服店に持ち込んだが、やはり墨汁となると綺麗に取るのは難しいという。

がっくりと落ち込む柚子に、店の女性は「実は」と切り出した。

「花嫁様のお衣装を仕立て終わった後、新作の生地が入ってきましたのよ。花嫁様がお選びになったものと同じ赤色で金糸と小花の模様があしらわれた生地なのですが、お選びなられたものよりずっと質も柄も華やかですのよ。もっと早くに入荷していたらお見せできたのにと惜しく思っておりましたが、これもなにかの巡り合わせではないかと感じます」

一度見てほしいと持ってきた生地は、店員の言う通り、その場がぱっと華やぐような美しさがあった。

「いいんじゃないか？」

珍しく玲夜から賛辞の籠もった言葉が出る。

本心ではやはり最初のがよかった。この品も素晴らしいが、最初に選んだ時のようなウキウキとした気持ちには至らない。

けれど、着られなくなってしまったものは仕方がないのだ。気持ちを切り替えるしかない。

「そうだね。なら、これでもう一度お願いします」

無理やり自分を納得させたもののどこか元気のない柚子に店の女性はなにかを感じたのかもしれない。

「花嫁様。よろしければ、汚れていない部分の生地を使って人形をお作りしてはどうですか？」

「人形？」

「はい。結婚式や披露宴などでは、ウェルカムドールというものを置いたりもするのですよ。人形サイズならば汚れていない部分を使って十分着物を作れるでしょうから、花嫁様の代わりに着てもらいませんか？　人形は後々にも記念に残りますし」

店員の提案を聞いた柚子の表情がぱあっと明るくなった。

「それ素敵です！」

「ご迷惑でなければお衣装をお預かりして、人形サイズにお作りいたしますよ」

「いいんですか？」

「他の方には内緒ですよ？」

人差し指を口に当てて、にこりと微笑む店員に、柚子は顔をほころばせる。

隣にいた玲夜を見るとどこかほっとしたような顔で笑っていた。

玲夜も、花嫁衣装が汚されてから元気のない柚子のことを気にしていたのだろう。

店員の機転のおかげで心に刺さっていた棘が抜けたような晴れやかな気持ちになり、

続いて向かったのはオーダードレスの店。

ここでも芹による嫌な記憶がよみがえり、眉間に皺が寄る。

「あいあい」

それに気付いた子鬼が、よしよしと頭を撫でてなだめる。

『嫌な記憶は塗り替えるのが一番だ』

確かに龍の言う通りだと柚子は意気込んで店へと足を踏み入れた。

以前芹にめちゃくちゃに書き込まれたデザインは担当の相田によって綺麗に直され、さらには前回柚子が口にしていた希望も取り入れた新しいデザイン画になっていた。

それに喜んだ柚子は、デザイン画によく似た店内のドレスを試着しながら、相田と話し合いながら細かい部分を修正していく。

そんな柚子の様子を微笑ましげに見つめながらコーヒーを飲んでいる玲夜がいた。

店へ何度か通いようやく完成したデザイン画を元にドレスの制作に取りかかることとなった。

柚子ができるのは待つことだけだ。

デザイン画のコピーをもらい、それを持って透子の元を訪れていた。

「へぇ、いいじゃない。柚子に似合いそう」

賛辞の言葉をかけてくれる透子に、柚子は嬉しそうにはにかむ。

「駄目になった衣装もこの間お人形になって戻ってきたの。もう着られないって落ち込んだから嬉しくて」

汚されてしまった衣装を自分の代わりに着ている人形を手にした時、不覚にも泣いてしまった。

それだけ思い入れのあったものだったのだ。だからこそ芹の行為は許せない。

「にしても災難だったわね。若様に近付いてくる女って気の強い女ばかりよね。まあ、自分に自信がなきゃ若様に近付こうとは思わないからそういうことになっちゃうんだろうけど。それよりその女にはちゃんと制裁したんでしょう？」

「うーん。多分？　私も詳しくは知らないの」

あれからの芹のことを聞いても、海外に行ったというだけで玲夜は詳しく教えてはくれなかった。ただ、二度と柚子の前に現れることはないだろうと。

それならば桜子のように一発頬にぶちかましてもよかったなと後になって後悔した。

「まあ、若様のことだから泣かすまで徹底的に追い詰めるでしょうし、その点では安心ね」

「それ、安心していいのかな……？」

柚子のことになるとやりすぎる玲夜を思い、苦笑する。

「そういえば、透子も少し前にウェディングドレス着たんでしょう？」

「そうよ。ちょっと待って」

透子は部屋の奥から大きな本のようなものを持ってきた。

開くと、ウェディングドレスを着た透子と、タキシード姿の東吉が写っている。

「うわぁ、透子綺麗」

「ふふん、そうでしょうとも」

得意げに胸を張る透子は、「こっちのも見てよ」とカラードレスバージョンの写真も見せてくれる。

「この時はまだお腹があまり目立ってなかったのね」

「そうなのよ。最近だんだんとお腹が大きくなってきてね。早いうちににゃん吉にお願いして写真だけでも撮れてよかったわ」

現在の透子は服の上から見ても分かるほどにお腹が膨らんでいて、その中にある小さな命を感じさせられる。

「私の結婚式の頃には生まれてるよね？」

「余裕で生まれてるわよ。確か、挙式は鬼の本家でして、披露宴はホテルの広間を使うんだっけ？」

「うん」

鬼龍院の次期当主の結婚披露宴だ。あやかし、人間、ともに関係深い人たちはたくさんおり、盛大なものになるだろうと言われている。

玲夜からもあらかじめ説明を受けていたが、その規模を聞いてめまいを起こしそうだった。

「披露宴には来てくれる？」

「もっちろんよ。私が行かなくて誰が行くのよ」

「玲夜が他にも浩介君や高校の友達とかも呼んでもいいって」

特に、元手芸部部長はぜひとも呼んでくれと強く懇願されている。

見に来るのは柚子ではなく、自分の作った衣装を着た子鬼たちというのがなんとも複雑な気分だが、子鬼の衣装でたくさんお世話になったので彼女には必ず招待状を送るつもりだ。

「……柚子はさ、親を呼んだりはしないの？」

透子はどこか言いづらそうに口にした。

「やっぱり結婚式となると呼ぶのか気になって」

「親、か……」

祖父母は当然呼ぶつもりでいる。

普通結婚式となったら親を呼ぶのは当然なのだろう。けれど、両親が今どこでなにをしているのか柚子は知らない。

玲夜ならばきっと居場所も知っているはずだ。だから連絡を取ろうと思えばできるに違いない。

「いや、ちょっと気になっただけだから、深く考えないで。ごめん、柚子。余計なこと言った」

「ううん。聞いてくれてよかったかも。私、浮かれててすっかり忘れてた。そうだよね。普通両親が存命なら出席するものだよね」

祖父母のことはすぐに頭に浮かんだのに、両親のことは思い出しもしなかった。

それだけ柚子にとって両親とは名ばかりの他人になってしまったのだと実感させられた。

「まあ、普通はそうだろうけど、人に寄りけりじゃないの？　うちは両親とは円満だから、写真を撮る時も我先にとついてきたけど、世の中のすべての人がそういうわけじゃないし。親だからって絶対呼ばなきゃならない決まりがあるわけでもないし」

「うん」

「たださ、後悔のないようにはしてほしいかな。これは柚子の友人としての願い。もしかしたらさ、柚子の両親も今頃悔いて反省してるかもしれないじゃない？」

反省……。あの両親がするだろうか。少し疑問だった。

それにしても……。

「透子がそんなこと言い出すとは思わなかった。両親のこと、私以上に怒ってくれてたのは透子だったから」

両親の肩を持つようなことを口にするのは予想外だった。

すると、透子は少しばつが悪そうな顔をする。

「いや、まあ、今でも正直むかついて仕方ないんだけど……。妊娠して今までと考えが変化してきたというかね。まだ生まれてないのにこの子がかわいくて仕方ないのよ」

透子は慈愛にあふれた表情でお腹を撫でた。

「それなのに子供をかわいがらない親がいるってことが信じられなくてさ。だからもしもまだ取り返しがつくならその方がいいんじゃないかって。私の勝手なお節介なんだけどね」

「透子……」

「いや、無理に言ってるわけじゃないのよ！　壊れたら元に戻らないものってたくさんあると思うし。柚子の心をすべて理解してあげることは私にはできない。柚子の心は柚子にしか分からないわけだし」

ひと息置いてから透子は柚子をうかがうように口を開いた。

「ただ、柚子はそれでいいのか少し心配になったのよ」

「私は……」

柚子が次の言葉を紡げずにいると……。

「あーい」

かわいらしい子鬼の声が部屋に響き、柚子と透子の視線がそちらへ向く。

子鬼は柚子の鞄をペチペチと叩いていた。

「子鬼ちゃんどうしたの?」

「柚子の鞄になにかあるんじゃないの?」

「別に変な物は入れてないけどなぁ」

なおも「あいあい」言いながら鞄をさわっている子鬼を不審がりながらチャックを開けると、子鬼がすかさず上半身を突っ込みゴソゴソとあさりだした。

取り出したのは柚子のスマホ。

それがどうしたのかと不思議がっている柚子に、スマホが通知を伝えるバイブで震えた。

止まったかと思えば再び震えるスマホ。

誰からだろうと子鬼からスマホを受け取り画面を開くと、SNSの通知だった。

確認している間にも、新しい通知が次々と届く。

何事かとアプリを起動させる柚子は目を丸くした。

「どうしたの、柚子?」

「透子……なんかすごいバズってる」

「えっ、なにが?」

「これこれ」

柚子が透子に画面を見せると万を超える反応と、見きれないほどのコメントが書き込まれていた。

「なに投稿したの?」

「今朝玲夜のために作ったキャラ弁」

「いや、若様にキャラ弁って! しかもめちゃくちゃかわいいやつじゃない。隣の子鬼ちゃんダンスしてるし、これキャラ弁じゃなくて子鬼ちゃんがバズってるんじゃない の?」

投稿したのはただの画像ではなく、キャラ弁の横でダンスをしている子鬼も一緒に写っている動画だ。

透子の言うように、コメントのほとんどが子鬼のかわいさに対するものだったが、それ以外にも柚子が作ったお弁当への好意的な言葉が含まれている。

しかも、過去に投稿した柚子の料理画像にもコメントがついていて、『美味しそう』だったり『食べてみたい』だったりと称賛する言葉が目に入ってきた。

「へぇ、すごいじゃない」

感心したような透子に、柚子も驚きつつ頷いた。

「不特定多数の人にこんな反応返してもらったことないから嬉しいかも」

「だったらこのまま料理人でも目指してみたら？」

冗談交じりに笑う透子だったが、柚子は悪くないなと思ってしまった。

「料理人……」

「えっ、柚子？　冗談よ？」

透子がなにやら言っているが、柚子は聞いていない。

これまでは玲夜だけのために料理を作り、玲夜の反応だけを望んできた。それだけで満足していた。

こんなにも他人の評価に胸躍ったことはなかったかもしれない。

玲夜のためにと料理を学び、盛りつけなども工夫して頑張った結果を認めてもらえたと感じられたからでもある。

屋敷に帰ってから、柚子はコメントのひとつひとつをじっくりと読んでは顔をニヤつかせてしまう。

ほとんど子鬼の力だが、自分の努力を見ず知らずの他人がお世辞ではなく評価してくれたことに喜びを感じた。

大学四年生の柚子は就職先を決めていない。

当初就職する気満々だった柚子を玲夜が止めたからだ。義務で仕事をするのではなく、柚子のやりたいことをやりたいようにしたらいいのだと。

これまではそのやりたいことが見つからなかった。

とりあえず役に立つかと資格試験を片っ端から取ろうと勉強して、秘書検定などを取得したりもしたが、別にそれをしたいわけではなかった。

だが、料理教室へ通うことを玲夜に願ったのはこれまでとは少し意味が違った。

より美味しいものを作りたい。喜んでほしい。反応を見たい。

理由はさまざまだが、これがしたいと強く思って動いたのは初めてだったかもしれない。

料理の画像をSNSへ投稿していたのも、少しでもなにか反応が来ないかなと淡い期待を抱いていたことは否定できない。

『柚子、そなた料理を作る者になりたいのか！』

「分からない……けど、作ってるのは楽しい。玲夜や屋敷の人たちが美味しいって食べてくれるのがすごく嬉しいの」

喜んでもらえると、また作りたいとさらにやる気が出てくる。

『我は悪くないと思うぞ』

「でも、そんな簡単に決めていいことなのかな？」

『柚子は気付いておるか分からぬが、料理教室で料理を習っている柚子は生き生きしておる。のう、童子たちよ？』

龍が子鬼たちに問うと、ふたりはニコッとしながらこくりと頷いた。

「でも、料理を職業にするってどうしたらいいんだろ？」

「あいあい」

「あーい」

子鬼はテーブルによじ登り、閉じていたノートパソコンを開いて呼びかけた。

これで調べたらいいということだろう。よく知っている。

パソコンで料理学校について調べると、さまざまな学校があることが分かった。

「へえ、専門学校だと早くて一年で調理師免許取れるんだ」

調べていくうちに、おぼろげだったものが柚子の中でだんだんと明確な形になっていく。

けれど、すぐにやろう！というわけにもいかない懸念事項がある。

「調理師になったところで就職を玲夜が許してくれると思わないしなぁ。玲夜はあまり不特定多数の人と関わってほしくなさそうだし」

だが、それは柚子のためでもある。

鬼龍院というバックがついている柚子には、いろんな思惑を持って近付いてくる者がいるからだ。いい意味でも悪い意味でも。

かくりよ学園では鬼の一族の目もあるので安心しているが、外の世界に出てしまったら玲夜の保護下から離れてしまうことになる。

もちろん龍と子鬼は常に一緒だけれど、自分の目の届かないところでなにかあったらと玲夜は心配しているのだ。

『それならば自分の店を出せばよいのではないか？』

「自分のお店？」

その選択は頭になかった柚子は目から鱗が落ちる。

『自分の店ならば、あやつの目の届くところに店をかまえればよいし、接客を他人に任せて柚子は裏方に徹しておけば人との接触も最小限に抑えられるではないか』

「なるほど。……でも、私にお店の経営なんてできるかな？」

お店を出すこと自体はそう難しくはない。龍の加護のおかげで当たった宝くじの残りが十分残っているので、資金面での不安は皆無である。

ただ、玲夜と出会う前は飲食店で接客業をしていたので多少の知識があるが、経営は専門外だ。

『そういう面倒なことはあやつに任せておけば、よいように取り計らってくれるだろう』

それでいいのか？と、柚子は悩む。

結局玲夜の力を借りなければならないと思うと一歩踏み出せない。

『柚子はやってみたくないのか？』

「……やってみたい」

見ず知らずの人たちにちょっと褒められただけで調子に乗るなと言われるかもしれない。世の中そんなに甘くないのだと、本業の人たちには叱られるかも。

けれど自分にどれだけのことができるか挑戦してみたい。

それは玲夜のためだと必死に就職先を探していた時とは違う、自分の内からあふれ出てくる想いだった。

「とりあえず、ここから通える学校で気になったとこの資料請求してみようかな」

『待つのだ、柚子！　届け先は猫屋敷にしておくのだ』

「どうして？」

『忘れたのか？　インターンの時、ことごとくあの男に邪魔をされたのを』

柚子は「そういえば……」と、就活を邪魔してきた玲夜のことを思い出した。

『柚子が学校の資料を請求したなどとあの男の耳に入ったら、また邪魔されるかもしれぬぞ。今はまだ内緒にしておくべきだ』

「でも、玲夜は私にやりたいことを見つけろって言ってたのよ？　ようやく目標が見つかったんだから玲夜も応援してくれるんじゃ……」

『甘い。砂糖を入れすぎたあんこのように甘いぞ、柚子！　いいから今は我の言うようにしておくのだ』

「なぜにあんこ？　……まあ、そこまで言うなら透子に頼んでみるけど」

柚子はすぐに透子へ電話をして、資料を猫田家へ送っていいかと許可を取った。

透子は多くを聞かず快く了承してくれたので、柚子はせっせと学校を調べ、猫田家へ資料が届くようにした。

後日、資料が届いたと聞き受け取りに行くと、屋敷に戻ってこっそり内容を確認した。

「うーん。やっぱり一年で手早く免許が取れるのがいいなぁ」

一緒になって資料を覗き込む龍は、ある箇所を尻尾でぺしぺしと叩く。

『オープンキャンパスというのもあるぞ』

「一度行ってみるのもいいかもね。資料だけじゃ分からないこともあるし。けど……」

『問題はあやつか』

「だね。さすがに玲夜に知られず行くのは不可能だから、先に許可をもらわないと」

黙って行くことは可能だが、どこに行ったかは常に玲夜に報告されてしまうので、いずれバレる。

事後報告は玲夜を不機嫌にさせるだけ。先に許可を得なければならない。

「よし！　玲夜が帰ってきたらお願いしてみよう」

『むう。素直に許可を出すと思えんのだが……』

「玲夜が言ったんだもん。やりたいことをしたらいいって。大丈夫大丈夫」

そう楽観的でいた柚子だったが……。

「駄目だ」

まるで取りつく島もない。

てっきり応援してくれると意気揚々と話し始めた柚子は、考える暇もなく却下されてがーんとショックを受ける。

「どうして!?」

「当たり前だ。ようやく大学を卒業するのに新しく学校に行きたいとは。しかも一般の学校なんて許可するわけがないだろう。警備に問題がある」

そんなひと言で引き下がるわけにはいかない。

「でも、子鬼ちゃんも龍も一緒にいてくれるし」

「万が一があるだろう」

「今だって大学には行ってるじゃない」

「かくりよ学園は鬼龍院の息がかかっている。そもそも富裕層の子供が多いから警備の面はかなり手厚い」

柚子は反論の言葉をなくす。

確かにかくりよ学園では、至るところに警備員の姿を目にする。しかも、鬼の一族の生徒がなにかと気にかけてくれているので、柚子は安心して大学に通えるのだ。

それは分かっているが、やっと目標を見つけた。

「でも、やってみたいの。料理を習って、いろんな料理を覚えたいって思ったの」

「なら、今まで通り料理教室に通えばいい」

「そうじゃなくて、本格的に習いたいの。調理師免許を取って、いろんな人に食べてもらいたい」

柚子は必至で熱意を伝えた。

だが、玲夜から返ってきたのは、色よい返事ではなかった。

「他人に柚子の料理を食べさせてやる必要などない。そもそも花嫁を外で働かせるわけにはいかないと以前にも伝えただろう？」

「だから、自分の店を持ちたい。前にもらった当選金もあるから玲夜には迷惑かけないし」

「俺はお金のことを問題にしているわけじゃない」

それはそうだろう。玲夜にとったら柚子の持つ金などはした金同然の財力があるのだから。

「そもそも、柚子は経営の仕方など知らないだろう。どうやって自分の店を経営していくんだ」

痛いところを突かれる。だが、少しは考えていた。

「私も勉強するし、会計士とか雇えば……」

「店の経営はそんな甘いものじゃない」

玲夜の言葉は正しい。けれど、そんな頭ごなしに否定されては柚子とて頭にくる。

「玲夜は私のしたいことをしたらいいって言ってたじゃない！　やっと見つけたのにどうして反対するの!?」

「花嫁は気軽に外に出せるものじゃないんだ。どこに危険があるか分からないからな。それをいい加減柚子も理解してくれ」

まるで駄々をこねる子供をなだめるような玲夜にカチンときた。

「玲夜の嘘つき！　全然言ってることと違うじゃない！」

柚子は玲夜にクッションを投げつけた。

「柚子」

静かに叱りつけるような声色の玲夜を柚子はひとにらみする。

「玲夜がどれだけ反対しようと料理学校に行くから！」

そう言い捨てて柚子は部屋を出た。

その日ばかりは一緒には寝られないと自分の部屋に掛け布団だけ持ってきて、ソファーで丸まって寝た。

けれど、あんまり寝た気はしなかった。

柚子が玲夜に対してこんなにも怒りを爆発させたのは初めてのことかもしれない。

確かにこれまで喧嘩はあったが、ここまで険悪な空気ではなかった。いや、柚子が一方的に険悪にしているだけなのかもしれないが。

けれど、仕方ないではないか。

きっと玲夜は喜んでくれると柚子は信じていたのだ。義務からではなく、柚子自身が心の底からしたいなと思える夢を見つけたことを。

以前に義務感から就職先を探していた時、玲夜は『柚子は柚子のしたいことをすればいい』と諭した。

なにもないという柚子に『これから見つけていけばいい』とも言ってくれた。

玲夜はなによりも自分の幸せを願ってくれていることが嬉しかったのだ。

だから、今回玲夜に反対されたことがショックでならなかった。

詳しく話を聞くことすらせずに、不可の判断をした。

まさかそんな反応が返ってくると思っていなかったので、柚子も思わずカッとなってしまった。

もっと冷静に話し合うべきだったのに。

明日玲夜にどんな顔をして会えばいいのか……。

柚子は自己嫌悪に陥り、なかなか寝つけなかった。

そして、翌朝。

食事の場に向かうと、すでに玲夜は席に着いていた。

「お、おはよう、玲夜……」

「ああ。おはよう」

どうにも気まずく玲夜の顔を直視できずにいる柚子に、玲夜が声をかける。

「柚子」

「なに？」

「言いたいことがあるなら口にしたらいい。だが、ちゃんとベッドで寝るんだ。風邪でもひいたらどうする」

こんな時でも柚子の身を案じる玲夜を前にして、罪悪感が襲う。

「ごめんなさい……」

「いや、俺も昨日は言いすぎた」

「じゃあ、許可してくれるの!?」

ぱっと表情を明るくした柚子だったが……。

「それとこれとは話が別だ」

柚子は途端に不機嫌な顔に変わる。

「どうして？　私自身の気持ちで働きたいと思ったなら許してくれるんでしょう？」

「あの時とは状況が変わった」

「状況？　なにかあったの？」

玲夜は一瞬言葉をなくした顔をしたが、すぐに何事もなかったような表情に変わる。

「柚子は知る必要のないことだ」

それはまるで柚子を拒絶するかのように聞こえた。

「……なに、それ」

問いただしたいのをぐっとこらえた柚子だったが、玲夜の言葉はその日一日頭を何度も巡った。

本当に柚子には関係のないことなのかもしれない。けれど、あんな冷たい言い方をしなくてもいいではないか。

間の悪いことに、料理学校へ行くことを大反対された後である。余計に柚子の中に不満が溜まっていった。

「うぅ～。玲夜の馬鹿……」

大学のカフェで、東吉にままならない歯がゆさをぐちぐちと訴えていた。

「俺からしたら鬼龍院様が不憫でならねぇよ」

「にゃん吉君の裏切り者。私より玲夜の味方なの？」

柚子は唇を突き出して、不満を主張する。

「何度も言ってるが、花嫁ってのは家で大事に囲われてるもんなの。柚子みたいに無駄に活動的な花嫁を持った鬼龍院様の苦労が偲ばれるよ。あの透子でさえ、大人しく家でじっとしてるんだぞ？」

「それを言われると反論の言葉が出てこないけど、せっかくしたいことを見つけたのに、あんなに頭ごなしに否定しなくてもいいじゃない。反対する理由も危険だから駄目だとかしか言ってくれないし」

「事実だろう？」

東吉はこの議論にはもう飽きたのか、早く終わらしたそうだ。

「子鬼ちゃんも龍もいるのに？」

「それでも心配で仕方ないのが花嫁を持ったあやかしの習性だ」

「でも、玲夜はしたいことを見つけたなら働いていいって言ったもん」

柚子も頑固な性分だ。こうなれば柚子と玲夜の我慢比べである。

「なのに急に状況が変わったとか言うし、玲夜がなに考えてるのか分からない」

『なにかあったのやもしれんな』

難しい顔でそうつぶやく龍に視線が集まる。

「なにかってなに？」

『さあな。それは分からぬよ。ただ、最近のあやつはずいぶん苛立っておるようだ』

玲夜が苛立っている？

「全然気付かなかったけど？」

『柚子の前では平静を装っておるようだからな。だが、我の目を騙すことなどできぬぞ。伊達に長く生きておらぬからな』

龍の言うことが本当なら、それはそれで不満を覚える。

問題があるならどうして柚子に相談してくれないのか。

いや、柚子に相談してどうにかなる問題ではないのかもしれないが、悩みがあるなら口にしてほしい。

なんでも話そうと桜の木の下で誓ったではないか。

あの誓いを、玲夜はもう忘れてしまったのだろうか。

＊＊＊

玲夜とは微妙にギクシャクした状態が続いたある日、柚子に手紙が届いた。

差出人の名は書いておらず、不審に思いながら中を見た柚子は驚いた。

「お父さん？」

柚子に動揺が走る。

「えっ、本物？」

信じられない思いで内容を確認していく。すると、これまでの行いを反省しており、会って謝りたいというようなことがつらつらと書かれていた。

今さらこんなものをっ！

そう言って破り捨てることができたらどんなにいいだろう。

けれど、その前に柚子の頭をよぎったのは透子の言葉。

両親を結婚式には呼ばないのかと言った言葉が、手紙を破り捨てることをためらわせた。

もしも本当に後悔していたとしたら……。柚子への扱いを反省していて心から謝りたいと考えていたら、どうしたらいいだろうか。

自分はどうすべきなのか、柚子は手紙を手に持ったまま動けずにいた。

そもそもこれが本物なのか分からない。

少し様子を見よう。

そう判断を下して、手紙を誰も触れない引き出しの中へ入れた。


それから数日後。

「柚子様、お手紙が届いております」

「ありがとうございます」

雪乃から手渡された手紙には差出人がなく、柚子はドキリとする。

「以前にも差出人の分からぬ手紙がありましたが、お知り合いからでしたか？」

「ええ、そうです。高校の時の友人からで」

なぜか雪乃には知られたくなく、その場を笑ってごまかすと自分の部屋へ急いだ。

部屋をちゃんと閉めてから手紙を開ける。以前と同じように謝罪の言葉から入り、後悔と自責の念に苛まれていること。そして、会って謝罪したいということが懇々と綴られていた。

以前と違ったのは、住所が書かれていたことだ。

妹の花梨を花嫁としていた狐月からの援助がなくなり、遠くの地へ追いやられたと聞いていたが、住所が示す場所はずいぶんと近くだった。

会いに来ようと思えばすぐに来られる距離だ。

とはいえ、柚子は厳重な警備の中いるので、会いに来たところで近付くことすらできぬだろうが。

この手紙は本当に両親からなのか。

柚子はひどく混乱していた。

いたずらにしては住所まで書くなど無用心すぎる。柚子から玲夜へ話がいけば、すぐに排除の対象となりかねないのだから。

そんな危険を冒してまでも手紙を送ってきたことで、本物なのではないかと思わせた。

そして、これが本物なら自分はどうしたらいいのだろうか。

両親と縁を切った時は晴れ晴れとした気持ちで家を出たというのに、この胸の中に渦巻く罪悪感のようなものはいったいなんなのか。

手紙には謝罪と懇願だけが綴られており、まるで許さぬ柚子を責めているかのようにも感じられた。

会ってみるべきか……。だが、その一歩は踏み出せない。

今さらなのだ。

あれから何年も経っている。それまでの間になんら接触はなかったというのに、なぜ今になって柚子に会おうとするのか。

本当に反省した？　後悔している？

それが事実だとしてなにか変わるのか。

「なんなのよ、もう……」

柚子は両手で顔を覆った。

それからも定期的に差出人の記載のない手紙は届き、さすがに雪乃も不審に思い始めているようだ。

口には出さないが、恐らく玲夜へ報告はされているかもしれない。

手紙の内容は相変わらず柚子に対する謝罪。そして、執拗（しつよう）なほどに会いたいと書かれている。

さすがにこれだけ何度も届くたびに真摯な文面が綴られていると、柚子の心にも変化が起こってきていた。

縁を切ったとは言っても、すべての感情を切り離すことなどできていないと思い知らされる。

やはり親なのだ。ひと雫（しずく）も情が残っていないのかと問われたら否と言わざるを得ないだろう。

それまで視界にも入らなかったひと雫が、ここにきて少しずつ集まり、小さな水溜まりを作っている。

「会って、みようかな……」

本当に後悔しているのか、手紙だけでは判断がつかない。

実際に会って話をしてみたらそれが分かるかも。

どうするかは会ってからでも遅くはないのかもしれないと、柚子の心が動き始めた。

けれど、相手は散々玲夜に迷惑をかけた両親である。玲夜にひと言話しておく方がいいだろう。

そう思って、玲夜の帰りを待った。

夕食を食べ終え、ひと息ついたところで切り出す。

「玲夜、ちょっと相談……というか、報告なんだけど」

「なんだ？」

最近は料理学校の一件で会話が少し減り、なんとなく距離ができた気がする。

だが、柚子がそう思うだけで、見たところ玲夜はいつも通りだ。出かける際の挨拶のキスも、玲夜が柚子へ向ける甘い眼差しも変わってはいない。

けれど、以前に龍が指摘したように、苛立ちというか心ここにあらずな時を感じる。

「あのね、最近手紙が届いてるんだけど……」

「報告は受けている」

やはり雪乃が報告していた。

けれど、差出人が誰かまでは気付いていないようだ。

「お父さんからなの」

手紙の主を教えると、ぴくりと玲夜の眉が動く。

「会いに行こうと思ってる」

「駄目だ」

学校の話を切り出した時と同じ、ばっさりと切り捨てるような言葉。

「どうして？　私の両親よ？」

「両親とは名ばかりの者たちだ。もう柚子とは縁を切った他人だろう？」

「それでも手紙をもらったの。後悔してる、反省してるって」

「そんなものいくらでも取り繕える」

会話を進めるに従って玲夜の顔は険しくなっていく。

「でも、私を生んだ親であることに変わりはないわ。それに結婚式だって近いし……」

「まさかそいつらを呼ぶつもりか？」

玲夜の顔が険しくなる。

「まだ分からない。実際に話をしてみないことには判断できないもの。だから会いたいの」

「必要ない」

話は終わりだというように玲夜は席を立つ。

「玲夜！　聞いて！」

「柚子がなんと言おうと、両親と会うことは許さない」

『そなた、なにを隠しておるのだ？』

それまで黙っていた龍が発した言葉に、一瞬玲夜の紅い瞳が揺れる。

『隠し守るだけが愛ではないぞ。それは自己陶酔だ』

「お前にはどうでもいいことだ。お前は柚子を守っていればそれでいい」

バシンと強い音を立てて閉められたふすまが、まるで玲夜の心を閉ざす扉のように感じた。

しばらくして、子鬼も猫も龍もいない寝室へ入る。

玲夜は仕事の残りだろうか。なにか書類に目を通していた。

柚子からは背を向けてベッドに腰かけている玲夜に背後から腕を回すと、その温かな背に頬を寄せた。

「玲夜……」

存在を確かめるように玲夜の名を紡ぐ。

「ねえ、玲夜、覚えてる？」

「なにがだ？」

先ほどのどこか突き放したような声色と違い、その声はとても穏やかだ。

「前に桜の木の下で誓ったこと。一緒にいようって言ったよね。これから先もずっと」

「ああ」

「私は言いたいことをちゃんと口にするから、玲夜もなんでも話してほしいって」

「…………」

玲夜は無言だった。

「ねえ、料理学校のことも手紙のことも私はちゃんと言ったでしょう？　でも玲夜は？　玲夜はちゃんと私になんでも話してくれてる？　……それとも、やっぱり私は頼りない？　言えないのは私が玲夜の重荷にしかならないから？」

「……そんなんじゃない」

玲夜はくるりと向きを変えると、正面から柚子を抱きしめた。強く、強く、逃がさないというように。

「俺は自分が強いと思っていた。鬼であり鬼龍院の次期当主である俺が恐れるものなどないと……。けれど、柚子に出会って弱さを知った」

玲夜の顔は見えなかったが、柚子には彼が小さく見えた。それほどに声色は弱々しい。

「玲夜……」

トントンと玲夜の背を優しく叩く。

「俺は恐れているんだ。柚子が悲しむこと、苦しむこと、涙を流すことを。柚子のためならなんだってしよう。命だって喜んで差し出す。柚子にはなんの憂いもなく笑っていてほしいんだ。龍の言う通りこれは自己陶酔なのだろう。けれど、どうか受け入れてくれ。俺には柚子以上に大事なものなどないんだ」

体を離した玲夜は柚子の左手を取り、薬指にしている指輪へ唇を寄せる。

「愛している、柚子。俺の唯一。お前の笑顔が俺の世界に色を与えてくれるんだ」

そう言って微笑むと、触れるだけの優しいキスをした。

「お前を傷つけようとする者は誰だろうと許さない」

その言葉には玲夜の強い想いが宿っていた。

以来、両親からの手紙がぱったりと来なくなった。

不審に思っていた柚子に龍が教えてくれる。

『どうやらあの男が柚子への手紙を握りつぶしておるようだぞ』

「やっぱり」

急に届かなくなるなどおかしいと思っていたのだ。

玲夜は、意地でも柚子を両親と会わせたくないらしい。

柚子の瞳に強い意思が宿る。

数日後のとある朝、玲夜が仕事へ出かけたのを見送ってから、龍とまろとみるくを連れて部屋へ行った。

子鬼も部屋へ入ろうとしたが、「ちょっと外で待っててね」とお願いして部屋の扉を閉める。

柚子は覚悟を決めた強い眼差しをしていた。

先日の玲夜からは痛いほどの気持ちが伝わってきた。

きっとなにかあったのだ。柚子に関わるなにかが。

それがなにかは分からないが、このタイミングで送られてきた親からの手紙に答えがあるような気がしていた。

なぜなら、玲夜ならばこんな時、柚子の意思を尊重して『行くな』ではなく『一緒に行く』と言ってくれているはずだから。

そうしないということは、会わせたくない理由があるに違いない。

玲夜が狂おしいほど柚子を大事に思ってくれていることは伝わったが、それは柚子だって同じ。

誰よりも玲夜を愛している。玲夜が柚子を唯一と言うように、柚子にとっても玲夜は唯一なのだ。

だから知らないままではいたくない。玲夜だけに背負わせたくない。

けれど今の状態では玲夜はなにも話さないだろう。なによりも柚子のことを考えてくれているからこそ。

玲夜が関わらないように柚子を遠くに追いやるならば、柚子の方から向かっていくしかない。だってもうすぐ自分たちは夫婦になるのだから。

喜びだけでなく、苦しみも悲しみとともにありたい。

もはや両親に会いに行く理由は数日前とは違っていた。

今はただ玲夜のために、そして自分と玲夜ふたりのために。

「両親に会いに行きたいの。けど、きっと私ひとりで行くのは不可能だと思う」

『そうであろうな』

玲夜は柚子に常に護衛をつけている。

この屋敷を無事出られても、すぐに護衛に見つかり、玲夜へと報告がいくだろう。

そして目的地にたどり着く前に連れ戻されるに違いない。

「ねえ、玲夜や護衛の目を盗んで両親のところまで行くことはできる？」

これは賭けだった。

霊獣である龍と猫たちの力を借りればあるいは可能なのではないか。

そう思って問いかけると、龍は急に笑い出した。

『ふはははは～。あの男を出し抜こうと言うのだな。よかろうとも。我の力を持ってすればたやすいことだ。柚子が願うなら力になる。それこそ我らがここにいる意味であるからな』

「本当にできるの⁉」

『もちろんだとも。ただし、条件がある』

「なに？」

柚子でできることならなんでもするつもりだ。

『童子たちも一緒に連れていく』

「子鬼ちゃんを？　でも、子鬼ちゃんは玲夜の使役獣だから……」

柚子のために玲夜が自分の霊力を使って生み出した子鬼たちは、霊力により玲夜とつながっている。子鬼を連れていけば、自然と居場所を知らせることになる。

それに、子鬼は柚子のことを逐一報告しているに違いない。

実際に確認したわけではないが、子鬼しかいない間のことを玲夜が知っていたりするので、その予想は間違ってはいないはずだ。

『ならば誓わせればいい。童子たちよ、入ってこい！』

龍が外に向かって呼びかけると、子鬼たちが扉を開けてひっこりと顔を出した。

「あーい？」

「あい」

『中に入ってしっかり扉を閉めるのだ』

言われたように扉を閉めて、トコトコとやってくる子鬼に龍が告げる。

『我らはこれからあやつに反旗をひるがえーす！』

「いや、反旗はひるがえさないよ。玲夜のためになにかできないかと思っただけで」

すかさず柚子がツッコむが、龍は右から左へ受け流す。

『そこでそなたたちに問う。あの男ではなく柚子につくか？』

子鬼たちは互いに目を合わせて少し考えてから、元気よく手を上げた。

「あーい」

「あーい、あーい！」

「では誓え。言葉に出して、柚子に忠誠を誓うことを」

すると、子鬼たちは……。

「あい、誓う〜」

「僕も誓う！」

柚子はぎょっとした。

「子鬼ちゃんがしゃべったぁ!?」

これまで子鬼が発した言葉といえば「あい」とか「やー」ぐらい。言葉とも言えぬかけ声のようなものだ。

けれど、今は確かにそれ以外の言葉を口にした。

『柚子が知らぬだけで、こやつらはずいぶん前から話せていたぞ』

「そうなの!?」

『我と猫たちの力を子鬼に注いだことで話せるようになったのだ』

以前、まろとみるくが子鬼を救うために力を与えたことは知っていたが、そんな付与までされていたとは初耳である。

「でも、私の前で話してるのは聞いたことないけど？」

「玲夜が駄目って言った」

「柚子の前じゃ話しちゃ駄目なの」

少し子供っぽさがあるが流暢に話している。

まだ驚きが消えない柚子は、その子鬼の言葉に疑問が浮かぶ。

「どうして、私の前で話したら駄目なの？」

「玲夜すごくやきもち」

「玲夜、柚子大好き！」

まったく意味が分からない。だが、言葉を話す子鬼はなんともかわいい。

驚きを越えて癒やされ始める柚子。

「しゃべるとなおかわいい……」

『だからだろう。あの男め、童子たちがしゃべれることを柚子が知ったらずっと子鬼と話をしそうだからと禁止しておったのだ』

「玲夜、嫉妬深い」

「柚子を他に取られたくない」

そんな理由で命じたのかと柚子はあきれ顔だが、玲夜は柚子のことになると心が途端に狭くなるのでさして驚くことでもない。

『さて、童子たちにも誓わせたことだし、早速抜け出す算段をつけようではないか』

「どうやって？」

霊獣の力なら人知れず抜け出すことができるのではないかと相談しながらも、どうやるのかまでは分からない。

『まずは、屋敷の者に部屋に近付かぬように言ってから出かける準備をするのだ、柚子』

「う、うん」

『あっ、服はズボンにするのだぞ』

首をひねりながらも、雪乃に勉強するのでしばらく部屋に来ないではしいと伝える。

今日は大学が休みでよかった。でなければ、いつまでも出かけない柚子を雪乃が呼びに来るだろうし、休むために体調が悪いなどと言えば屋敷中大騒ぎになって柚子をかまい倒し、いなくなったことがすぐにバレてしまう。

雪乃に念を押してから部屋に戻り準備をし終えると、靴も履くように言われて困惑する。

玄関まで取りに行けば不審がられるだろう。

幸いにも、まだおろしていない新品の靴がクローゼットに入っていた。使っていないので部屋の中で履いても問題ない。

『よし、では猫たちはここで時間稼ぎだ』

「アオーン」

「にゃん」

まろとみるくは返事をするように鳴き声をあげると、部屋の扉をカリカリと、まるで爪とぎでもするかのようにかく。

しかしそれも数秒。すぐに移動し、窓の前でまたもやカリカリと爪とぎのような動作をする。

「まろとみるくはなにしてるの？」

『結界を張っておるのだ。ここはあやつの結界の中だからな。それでは柚子がいないことがすぐにバレるから、別の結界を張ることで柚子がここにいるかのように攪乱するのだ』

「そんなことできるんだ」

猫の姿をしていても、やはりただの猫ではないのだと、柚子は感心する。

『さて、では童子たちは柚子に張りつくのだ。しっかりとな』

「あーい」

「はーい」

べたんと子鬼がコアラのように柚子の腕にしがみついた。

『窓を開けてくれ』

「うん」

本当に、なにをしたいのかさっぱり分からない。

柚子の立っている足の間に龍がするりと入ると、どんどんその姿を大きくする。

まるで乗馬のように龍を跨ぐ格好となった。

「えっ、わわわっ」

『柚子、しっかり我に掴まっておるのだぞ』

そう言うやいなや龍の体がふわりと浮き上がり、当然龍に乗っている柚子の体も浮き、足が床から離れた。

「えっ、ちょっと待って、どうする気？」

『このまま飛んでいくに決まっておろう』

「えぇぇぇ!! ちょっ、ちょっ」

龍に待ったをかける前に龍が動くと、ものすごい速さで窓を飛び出し、あっという間に空高くまで駆け登った。

「ひゃあぁぁぁ！」

柚子は龍の髭(ひげ)に必死にしがみつきながら悲鳴をあげる。

「わーい。楽し～」

「もっと～」

子鬼は無邪気なものだが、柚子は紐(ひも)なしバンジーをしている気分だ。

「これ周りから見られてないのー!?」

柚子から地上を歩く人が見えているということは、地上からも柚子たちが見えているのではないかと心配する。

なにせ今の龍は巨大化しているのでなおさらだ。

『ちゃんと見えぬようにしているから大丈夫だ』

「そんなら安心」

「だねー」

子鬼のように安心などと呑気にしている余裕は柚子にはない。

「絶対に落とさないでね！」

そこは念を押しておかねばならない。

しかし、子鬼がきゃっきゃはしゃぐので、龍も調子に乗って無駄な動きが多い。

遊園地のジェットコースターなら喜んで乗るが、こんな不安定な乗り物にいつまでも乗っていたくない。

「早く下ろしてぇ！」

柚子の絶叫を聞いたからなのか、ようやく龍は高度を下げていき、ゆっくりと人気のない公園へ降り立った。

そのままいつものサイズに小さくなった龍は得意げに『ほれ、ちゃんと抜け出せたであろう』と胸を張っているが、柚子はそれどころではない。

ふらふらとしてそのまま地面に座り込んでしまった。

これほどに地面を愛おしく思ったことはなかっただろう。

柚子からぴょんと飛び下りた子鬼が柚子の顔を覗き込む。

「柚子、大丈夫？」

「柚子グロッキー。大丈夫じゃない」

「死ぬかと思った……」

『我が柚子を落とすわけがなかろう』

心外だと言わんばかりの龍だが、事前の説明も命綱もなく空中散歩に強制連行された気持ちを理解してほしい。

未だにバクバクする心臓を落ち着けるために深呼吸して、呼吸が整ったところでゆっくりと立ち上がる。

『それでは行くか、柚子？』

「うん。行こう。両親のところへ」

柚子は強い決意を目に宿して歩きだした。

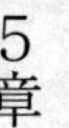

5章

無事に屋敷から抜け出せた柚子は、父親からの手紙に書いてあった住所へやってきた。

『柚子、本当にここなのか？』

龍に確認するように問われ、柚子は再度手紙に書かれていた住所と、スマホの位置情報を照らし合わせる。

「合ってる。けど……」

柚子は目の前にそびえ立つ立派な建物を見上げて困惑した顔をした。

立派な門の先にはきちんと手入れのされた広い庭があり、それなりに成功した人が住んでいると思われる大きな洋館だった。

「もしかして住所を間違えたとか？」

そうとしか考えられなかった。

なにせ両親は決して裕福でもないのに妹の花梨にお金を使っていて、資産と言えるものはほぼなかった。

かろうじて花梨を花嫁に選んだ狐月家の援助でやりくりしていたのだ。

そんな狐月家からも見放されて遠くに追いやられた両親に、これほどの豪邸に住める資金などなかったはず。

親戚とも断絶状態だと、手紙を受け取ってから祖父母にそれとなく聞いていたので、なおさら両親だけでは不可能だろう。

考えられるとすれば、密かに狐月家からの助けがあったということだ。

花嫁への執着は柚子がなにより知っている。

瑤太がまだ花梨をあきらめられずにいて資金援助していたとしたら……。

だが、鬼龍院を敵に回すようなことを今さらするだろうか。

瑤太の一族である妖狐の当主がそれを許しはしないはずだ。

「うーん……」

「柚子どうする？」

「ピンポン鳴らす？」

子鬼がかわいらしく首をかしげる。

「そうだね。とりあえず家主に聞いてみて、違ったら謝ろう」

『いや、ここで間違いないようだ』

柚子は腕に巻きつく龍に視線を向ける。

「どうして分かるの？」

『柚子の父方の祖母は一龍斎の血を引いておるであろう？　あの家の中からも一龍斎の気配をわずかながらに感じる。あの気配はよくも悪くも身に染みておるから間違えようがない』

龍が遥か昔に加護を与えていた大事なサクの生家であり、そのサクを殺した一族。柚子の元に来るまではずっと一龍斎のところにいたので、あの一族の血を引く者には敏感なのだろう。

「でも、お父さんとは限らないんじゃないの？」

『かもしれんな。だが、可能性は高くなった』

「そっか。じゃあ、ピンポン押してみるよ。いい？」

柚子は気合いを入れてインターホンのボタンに手を伸ばした。その時……。

「柚子！」

ぱっと声のした方を見ると、柵の向こうから柚子を見つめる母親の姿が。

「お母さん……」

久方ぶりに会う母親は柚子の記憶にある姿よりも少し老けており、時間の流れを感じさせた。

けれどどうしてだろうか。数年ぶりの再会だというのに、会えたことへの喜びは湧いてこなかった。

そんな冷めた感情に困惑している柚子の心など知らず、母親は笑みを浮かべて歩み寄ってくると門を開けた。

そして、嬉しそうに柚子を抱きしめた。

「柚子、久しぶりね。きっと来てくれると思ってたわ」

手放しで喜ぶ母親に柚子は複雑な表情をしながら距離を取る。

あれからどんな暮らしをしてきたのだろうか。狐月家からの援助がなくなったはずなのに、母親はずいぶんと派手な装いだった。

「本当にこの家にいたんだね」

「ええ、住所を書いた手紙を送ったでしょう？」

「うん。お父さんもここにいるの？」

「ええ、そうよ。ついてきて。お父さんも喜ぶわ」

母親は機嫌がよさそうにニコニコとした笑みを浮かべながら柚子を家の中へと案内する。

柚子は警戒しつつも母親の後についていった。

洋館は外側だけでなく内装も豪華で、玲夜の屋敷で暮らすことでそれなりに目利きができるようになった柚子から見ても、置いてあるものや飾ってあるものは価値の高そうなものだった。

「お母さんたちはここに住んでるの？」

「ええ、そうよ」

なんてことないように答える母親だが、それができる財力がないことは分かっているので不審さしかない。

母親はある部屋の前で止まり、ノックをしてから中へ入る。

「あなた、柚子が来てくれましたよ」

「本当か⁉」

柚子は落ち着かせるようにひと呼吸置き、龍と子鬼と視線を交わしてから中へと足を踏み入れる。

そこには確かに柚子の父親がいた。

父親もまた老けたように感じたが、身だしなみは綺麗に整っている。

そしてやはり、再会の感動は柚子にはなかった。

手紙が来た最初こそ動揺し、結婚式に出席してもらうこともあるのではないかと考えたが、自分の中にあるひどく冷めた感情に気付いてしまった。

情がまったくなくなったわけではない。縁を切ったといえども両親であることに変わりはない。

けれど、それだけだ。以上でも以下でもない。

もう住む世界が違う。自分と両親の人生が重なることはないのだと実感してしまった。

柚子は両親とはなんら関わりのない世界で歩き始めている。

だが、両親は過去のもめ事などなかったかのように柚子の来訪を素直に喜んでいた。

「柚子、よく来たな！」

母親と同じようにハグをしてこようとする父親をさっと避けた。

一瞬気まずい空気が流れたが、母親が「もう、あなた。柚子は子供じゃないんだから、年頃の子が父親から抱きしめられるなんて嫌がるわよ」と言って、父親は苦笑を浮かべた。

「ははは、確かにそうだよな」

本当はそれだけが理由ではなかったが、柚子は口をつぐむ。

すると、父親はなにかを思い出したかのように母親の方を向いた。

「そうだ、柚子が来たなら神谷様にご報告しておかないと」

「あっ、そうね、その通りだわ。私が連絡するわね」

「ああ、急いでくれ」

父親と母親はなにやら慌てたように動きだし、母親は部屋のテラスへ向かい誰かに電話をし始めた。

ふたりの様子をいぶかしがる柚子。

「お父さん、神谷様って？」

「神谷様は今私たちを援助してくださってる方だ」

我が物顔で椅子に腰かける父親は、得意げに語る。こんなにも上機嫌でニコニコした表情を柚子に向けたことは過去にあっただろうか。

「援助？」

柚子の表情がにわかに険しくなる。

「そうだ。狐月家からの援助が絶たれた後、地方に追いやられてしまってな。それはもう大変な生活だったんだ。そんな時に私たちの境遇を憐れに思ってくださった神谷様が家に招き入れて、他にもいろいろと用立ててくださっているんだよ」

「誰？　親戚の人じゃないよね？」

「当たり前だ。神谷様はあんな薄情な連中とはわけが違う。とても親切な方だよ」

見ず知らずの他人がこんな立派な住処を用意し、身の回りのものまで用意してくれるはずがない。なにかしらの対価が必要なはずだ。

「お父さん、今仕事はしてるの？」

「今はしていないさ。神谷様が、これまでずっと大変な思いをしたのだから、いつまでもゆっくりしていいとおっしゃってくれているんだ」

本当に親切な方だとつぶやく父親への不信感と、神谷という人物への警戒心が柚子の中で膨らむ。

そんなうまい話が簡単に転がっているはずがないと柚子でも分かるというのに、父親はよほどその神谷という人を信頼しているのか疑う様子はない。

しかも、なぜ柚子の来訪を報告しなければならないのか。

『柚子、あまり長居はせぬ方がよいと思うぞ』

耳元で龍が柚子にしか聞こえない大きさでつぶやく。

確かにあまりいい空気を感じない。

電話を終えたらしい母親も加わり、これまで柚子には向けられることのなかった満面の笑顔を向けてくる。

それが非常に気持ちが悪くて仕方なかった。

昔は心の底から願うほどに欲したというのに、おかしなものだ。

きっと柚子が現状で十分に満足しているからに違いない。もう両親の愛を乞わねばならないほど飢えてはいないのだ。

もうすでに柚子の中は、玲夜が与え続けてくれたありあまるほどの愛情でいっぱいなのだから。

そのせいだろうか、どことなく柚子に媚びるような両親への嫌悪感が募る。

龍の言うように早く帰りたくなってきたが、柚子にはひとつ気になることがあった。

「花梨はどうしたの？　一緒にはいないの？」

そう、花梨の姿がどこにも見当たらないのだ。そして、両親もこれまでいっさい花梨の名前を出さなかった。

花梨の名前を出した途端、両親の顔に怒りが宿る。

「あの子ならどこかに行った」

素っ気なく答える父親を柚子は問い詰める。

「どこかってどこに?」

「知るわけないだろう! あの子さえしっかりしていれば狐月家からの援助は今も続いていたはずなのに。役に立たないどころか私たちを置いて姿を消してしまった!」

「まったくですよ。あれだけお金も時間もかけて育ててあげたというのに、親不孝な子だわ」

吐き捨てるように口から出た言葉は、花梨に対する怨嗟の念にあふれていた。

柚子を虐げていたことを気にしないほど花梨をかわいがっていた両親の言葉とは思えなかった。

柚子が消えた後、いったいこの家族になにがあったのか……。

玲夜ならばきっと知っているに違いない。柚子に害となる存在を放置しているはずがないのだから。

花梨のことは気がかりだが、今は目の前にいる両親が優先だ。

「けど、柚子はあんな薄情な子とは違うわ。やっぱり本当の娘は柚子だけよ」

「その通りだ。柚子は昔から優しい子だった。きっとお父さんたちのことも助けてくれるだろう?」

気持ちの悪い欲望に満ちた眼差し。

「助けるってどういうこと? お父さんたちはもう十分に神谷様って人に助けられてるじゃない」

これ以上なにを望むのか。

「あなたが必要なのよ、柚子」

「そうだ。お前だけが頼りなんだ」

必死な様子で懇願する両親。

玲夜と出会う前に必要だと言ってくれていたら、柚子はどんな頼みでも聞いていたかもしれないのに。

柚子は静かに瞼(まぶた)を閉じ、深呼吸してからゆっくりと目を開けた。

口を開こうとした時、部屋の扉が開かれ、ひとりの男性が入ってきた。

ノックのひとつもなく我が物顔で入ってきた男性に、柚子はいぶかしげに視線を送る。

年齢は父親よりもずいぶんと年上に見え、でっぷりとしたお腹を蓄えた大柄な男性。

ニヤニヤとした笑みを浮かべながら近付いてきて、柚子は思わず後ずさりした。

「神谷様！」

両親が歓喜に満ちた声で名を呼んだことで、目の前の男性が神谷という人物だと知る。

整っているとは言いがたい容姿を見るに、恐らく人間だろう。

狐月とも関わりのなさそうな人間がどうして両親を援助するのか分からない。

「連絡をありがとうございます。こちらがあなた方の娘さんですかな？」

「ええ、そうです。娘の柚子です」

父親が媚びるように勝手に柚子を紹介する。

人を見た目で判断するのはよくないが、とても親切な人のようには見えなかった。

柚子をなめ回すように見る神谷の眼差しには嫌悪感しか湧いてこない。

「なるほどなるほど」

なにが『なるほど』なのか柚子には理解できない。

「いかがです？」

「ええ、まあ、少し肉付きに欠けるところがありますが結構でしょう。どうにかしてほしいとある方からも言われておりますし、彼女で手を打つとしましょうか」

「ありがとうございます！」

「よかったわね、柚子」

喜びにあふれた表情で神谷に頭を下げる父親と、柚子の肩を叩く母親。

柚子にはなにがなんだか頭が追いつかない。

「ちょっと待って。お父さんもお母さんもどういうこと⁉」

柚子を置いて話を進める三人に不安を感じ声を荒げる。

「おや、娘さんには説明をしていなかったのですかな？」

下卑た笑みを浮かべる神谷は両親に視線を向ける。

「ええ。ちょうどこれから話をしようと思っていたところでして」

「では早くしてあげるとよろしいでしょう」

「はい」

神谷と話し終えた父親は機嫌がよさそうにニコニコとした笑みを浮かべながら柚子に向かい合う。

「こちらの神谷様が私たちに援助してくださっていることは話しただろう？　神谷様は今後も援助を続けてもいいとおっしゃってくれてるんだ」

柚子は一度だけ神谷へ視線を向けてから父親へ戻す。

「その代わり、柚子が神谷様と一緒になったらという条件なんだ」

「は？」

驚愕の内容に、柚子は一瞬言われている意味が分からなかった。

「どういうこと？」

「つまりだな、お前が神谷様と結婚し妻となれば、私たちは神谷様の親戚ということになって皆一緒に幸せになれるということだ。素晴らしいお申し出だろう？」

まさに絶句。すぐに言葉が出てこない。

けれど、ドンドン話を進めていきそうな父親に柚子は声を絞り出す。

「私には玲夜がいるのよ⁉ もうすぐ結婚するの。玲夜以外の人となんて結婚なんかしないわ！」

すると、まるで駄々っ子をあやすような声色で説得が始まる。

「柚子、これはとても光栄なことなんだよ。神谷様は大富豪でいらっしゃって、両親である私たちもまとめて面倒を見てくださるというんだ」

「そうよ。あのあやかしなんてやめなさい。顔はいいかもしれないけれど、花嫁の親をないがしろにするような人となんて幸せにはなれないわ。柚子もそう思うでしょう？」

ああ、駄目だ……。やはりこの人たちに反省を期待したのが馬鹿だったのだ。

玲夜があんなにも柚子を両親と会わせようとしたくなかった理由をようやく察する。

この状況を予想していたのではないだろうか。

柚子の心が両親への失望に染まり、気持ちが沈んでいく。

なにが幸せになれない、だ。それは柚子ではなく自分たちのことではないか。柚子の幸せなどなにひとつ考えてはいない。考えているのは自分たちのことだけ。柚子の幸せを願っていたら、父親よりも年上の、それも初めて会う男性と結婚させようとはしない。ごく普通の、娘の幸せを願う親ならば……。

これではまるで人身売買のようではないか。

娘を売ってでも自分たちだけは幸せになりたいということなのだろうか。

なんて醜悪なのだろう。なんて憐れなのだろう。なんて、なんて……。

柚子の中に言葉にならない悲しみが渦巻く。同時に、最後に残っていた両親への情も消え去った。

柚子は必死な形相で柚子にすがりつく母親の手を払い落とす。そして、三人から距離を取った。

「柚子？」

どうしてここに来てしまったのかと後悔が襲う。

いや、来なければ真実をいつまでも知ることができなかったのだから、これはこれでよかったのかもしれない。

以前の柚子は玲夜の言われる通りに行動して、両親と縁を切った。

あくまで玲夜主導で行われたことで、柚子はその波に流されていったにすぎない。

これが正しいのだと自分に言い聞かせて、すべてを玲夜に委ね、責任すらも彼に押しつけた。

けれど、今度は自分の意思だ。誰かに流されたからでもなく、自分がそう強く願ったから、今度こそ両親との縁を切ろうと決心した。

もう二度と心が揺れぬように、惑わされぬように、心から両親を閉め出す。

両親が自分たちのことしか考えないのなら。そのために子供の犠牲も厭わないというのであれば。柚子だって幸せになるための行動を起こす。

こんな簡単に親を捨てる柚子を薄情だとそしる者もいるかもしれない。

けれど、それでもかまわない。玲夜との未来を自分の手で掴みに行きたいのだ。

「お父さん、お母さん……」

「なぁに、柚子？」

「どうしたんだ、柚子？」

柚子は強い眼差しで両親を見据える。

「私はその人と結婚なんかしないわ。私が愛してるのはただひとり、玲夜だけだもの」

「なんてことを言うんだ、柚子！　お父さんたちを見捨てるのか⁉」

「そうよ。あなたまで花梨のようなことをしないでちょうだい！」

「私はあなたたちの思い通りには動かない。なにがあっても玲夜と結婚する。文句なんて言わせないわ」

迷いのない毅然とした柚子の態度に、父親は顔を赤くして口をパクパクと開閉する。

「柚子、我儘を言わないで。お願いよ、私たちには柚子しか助けてくれる人がいないのよ。ねっ、あなたはお母さんたちに逆らわないいい子だったでしょう？」

母親はすがるような眼差しを向けてくるが、柚子の心が動かされることはなかった。

「確かに私はできるだけいい子になるように行動してた。褒められたかったから、花梨より私を見てほしかったから。お父さんとお母さんにとって自分は必要な存在だと感じたかった」

「なら問題ないでしょう？　私たちは今なによりあなたを必要としているんだから。花梨よりもよ」

「その通りだ」

柚子は自嘲気味に笑った。

「それを子供の時に言ってほしかった。でも、今の私には玲夜がいて、友人もいて、大切な人ができた。もう、ふたりの愛情なんてなくてもいいのよ。私はたくさんの人に愛されてるって知っているから」

『その通りだ、柚子。我も童子たちも猫たちも柚子を愛しておるよ』

「あーい」

「あいあーい」

龍と子鬼が柚子の言葉を肯定してくれる。

柚子はにらみつけるように両親を見た。

「だから、いらない。私にはお父さんもお母さんもいらないわ」

本当の意味での両親との決別だった。

それを言葉にして口から出すのはとても勇気がいった。

けれど、自分の道は自分で切り開こう。

それが玲夜との未来へつながるなら、いくらでも勇気はあふれ出てくる。

最後にもう一度両親の顔を目に焼きつけてから、柚子は扉を目指して歩きだした。

「柚子、どこへ行くんだ!?」

「待ちなさい！」

「帰ります。もう、ここにいる理由はないから」

「柚子！」

柚子を止めようと伸ばされた両親の手に向かって、子鬼たちが青い炎を投げつける。

「ひっ！」

怯えて手を引っ込めた両親。一瞬で消えた炎を見るに、どうやらちゃんと手加減はできているようだ。

子鬼からしたらちょっとした威嚇のようなものだろう。

けれど、両親には効果絶大だ。なにせ過去に子鬼に吹っ飛ばされた経験があるのだから、その時のことがフラッシュバックしたのかもしれない。

今のうちにとっとと退散しようと足を動かそうとした時、不気味な笑い声が部屋の中に響いた。

顔を向ければ、声の主はこれまで空気と化していた神谷という男性だった。

「聞き分けのない子ですねぇ。残念ですが、帰ってもらってはこちらが困るんですよ」

「あなたに止める権利なんてありませんが？」

柚子は警戒を示しつつ決して弱いところは見せないようにと勝気ににらみつけた。

「ありますとも。なにせあなたは私の妻となるんですから。そういう約束です」

「それは両親と勝手に決めた約束でしょう！」

柚子が従う必要などない。

「勝手だろうがなんだろうが、約束は約束。そのために彼らを拾って今日まで世話をし続けてきたんですからね。たくさん贅沢もさせてあげました。責任は娘のあなたに取ってもらうしかない」

「私はすでにこの人たちとは縁を切っています。書類上でも他人となった人たちのことなど関係ありません」

反射的に言い返したが、よくよく思い返すと神谷の言葉に違和感を覚えた。『そのために彼らを拾った』とは、最初から柚子が目的だったように聞こえる。

「入ってきなさい！」

神谷の呼びかけとともに部屋に体格のいい男性が十数人入ってきた。

けれど、ただの人ではない。

『こやつら皆あやかしだな。種類はバラバラだが』

見た目からして整った容姿をした男性たちは、龍によると全員あやかしのよう。

神谷は人間のようなので、金で雇われでもしているのか。

完全に退路を断たれた状態の柚子は神谷をにらむ。

「どういうつもりですか？」

「言ったでしょう？　あなたには私の妻になってもらいます。そのために帰すわけにはいかないのですよ」

柚子は逃げ道を探してきょろきょろと見回すが、いつの間にか男性たちに囲まれてしまった。

「大人しくしていた方が身のためですよ。無駄に怪我などしたくはないでしょう？　あなたを排除するよう仰せつかっていますが、私としても女性に手荒な真似はしたくありませんからね」

「どういうこと？」

まるで他の誰かが柚子を邪魔に思って、神谷に指示したかのような言い方だ。

「おっと、しゃべりすぎましたかね。さっさと捕らえてください」

顔を険しくする柚子に魔の手が忍び寄るが、次の瞬間、柚子の腕に巻きついていた龍からまばゆいほどの光が発せられ咄嗟に目を覆う。

光がおさまると、そこには部屋の中を覆い尽くすほどに大きくなった龍の姿があった。

『この愚か者どもが。我がいながら柚子に一本たりとも触れることができると思うでないぞ』

「な、なんだこいつは……」

ずっと柚子の腕に巻きついていた龍を飾りとでも勘違いしていたのだろうか。人を丸呑みできるほどの大きさの龍に、腰を抜かす神谷と柚子の両親。床にぺたりとへたり込んだまま顔面蒼白で怯えている。

『柚子を捕らえようとするなど笑止千万！　柚子の幸せを害そうとする者はただではおかーぬ』

龍はさらに大きくなると、ズガーンと大きな音を立てて天井をぶち抜いた。

「空が……」

天井を突き破ったおかげで、青い綺麗な空が丸見えである。

するとを鼓舞するように子鬼も柚子の肩から下りて、周囲に青い炎をぶちまけていく。

手当たり次第に投げるので、柚子を囲んでいた男性たちに流れ弾が被弾し、大きく燃え上がった。

「うわぁぁ、消してくれ!!」

「ぎゃあぁぁ！」

「あいあーい」

「やー！」

まさに阿鼻叫喚（あびきょうかん）の地獄絵図。

『にょほほほほ！』

龍はうねうねと体をうねらせながら建物を破壊していく。

そして部屋の中では子鬼の青い炎の光線が辺りを飛び交い、さらに部屋をめちゃくちゃにしている。

ちゃんと龍が柚子の周りに結界を張っているようでひとりだけ無傷だ。

もう、誰も柚子のことを気にしている者はいない。

過剰戦力だったかと柚子が途方に暮れていると、大きな音を立てて部屋の扉が開かれた。

入ってきたのは、玲夜と高道。そして数名の見覚えのある護衛たちで、なんだか顔色が悪い。

護衛たちは柚子の姿を見てほっとしたような顔をしたと思ったら、涙を流しながら「助かった……」「命がつながった」と互いに喜び合っている。

聞かずとも分かる。きっと柚子がいなくなったことを玲夜にこってり絞られたのであろう。

後でおわびが必要かもしれない。

玲夜は柚子に目をとめると、一直線に向かってきて力強く抱きしめた。

「玲夜……」

「心配した」

それは心の底から吐き出されたような安堵の混じった言葉で、柚子は心配させてしまったことを申し訳なくなった。

「ごめんね、玲夜。どうしても知りたかったの」

心配させてしまったけれど、後悔はしていない。

「無事ならそれでいい」

そう話をしている間も建物は龍と子鬼たちにより破壊されていっているのだが、玲夜は柚子しか目に入っていない。

「えーっと、玲夜。そろそろ止めないと……」

柚子は龍や子鬼の様子をうかがう。

顔は玲夜に両頬を手で挟まれているので視線だけで訴える。が、しかし……。

「放っておけ。むしろ全壊するまでやらせておけばいい」

玲夜はひどく冷たい眼差しを柚子の両親へと向けた。

「玲夜はどこまで知ってるの？」

玲夜の袖をくいっと引っ張り、両親にいっていた意識を自分に戻す。

「それは帰ってから話そう」

「ちゃんと教えてくれるの？」

「また脱走されたらかなわないからな」

玲夜は眉を下げて困ったように笑う。

「それよりも……」

玲夜は再び両親へ目を向けた。

柚子も倣って呆然と座り込む両親を見たが、すぐにその眼差しは玲夜へ。

「もういいの、玲夜。前は流されるように縁を切ったけど、今度こそ本当にあの両親とは縁を切る。その決心がついた」

「まだ話したいことがあるんじゃないのか？」

柚子は首を横に振った。

「あの人たちにはなにを言っても無駄だってことが分かったからいいの。子供を平然と売ろうとするような親なんてこっちから捨ててやるわ」

そう言って柚子は精いっぱいの笑顔を作った。

玲夜は「そうか……」とどこか悲しげな瞳をすると、それを振り払うように一度ゆっくりと瞬きをしてから柚子の肩を抱いて外へ向かって歩きだした……のだが。

「待て！　私の花嫁をどこに連れていく！」

愚かにもそう叫んだ神谷に、玲夜の眉がぴくりと動く。

「私の花嫁、だと？」

「そ、そうだ。その女は私の女になるんだ！　連れていくんじゃない！」

玲夜の後ろに仁王像が見えたような目の錯覚を覚える。

それほどに玲夜は激怒していた。

玲夜は未だ立ち上がれずにいる神谷を蹴り飛ばし、転がった神谷の胸を足で押さえつけた。

「貴様、誰をそう呼んでいる？　柚子は俺の花嫁だ。お前ごときが自分の女などと口にしていい相手じゃない。地獄に落とすぞ」

すごむ玲夜は、まるでゲームのラスボスのよう。思わず柚子の口元が引きつるほどに怖い。

あまりの恐怖で、神谷など今にも失神しそうだ。

後ろで護衛の人たちが「えっ、怖っ」「玲夜様は鬼じゃなくて大魔王の生まれ変わりだったんだ」「やべ、鳥肌立った。大魔王パネェっす」だとか言っているが、きっと玲夜の耳に入っているだろうに。後が怖くないのか。

玲夜は胸を押さえつける足にさらに力を込める。

今にも骨がきしむ音が聞こえそうで、柚子は心の中で悲鳴をあげた。神谷の方は心の中では留まらず、盛大に叫んでいるが。

「ぎゃあぁぁ！　や、やめろ、金なら出す。だから助けてくれっ！」

「貴様の汚れた金など誰が欲しがるか。死んでわびろ」

「れれ玲夜！」

さすがにそれはマズいと、柚子は慌てて止めに入る。

「もう帰ろ、ねっ？　私、早く玲夜とふたりになりたいなぁ」

玲夜の腕に抱きついて必死で懇願すると、玲夜はころりと表情を変える。

大魔王から蕩けんばかりの甘い顔へ。

意識が柚子に向かった間に、神谷は玲夜と一緒にやってきた護衛によって引きずられてどこかへ連れ去られていく。

最後に護衛のひとりが柚子に向かって深々と頭を下げて、姿が見えなくなった。

「玲夜様の扱いがお上手になられましたね」

などと高道はパチパチ拍手しているが、できれば柚子が動く前に高道が止めてほしかったと柚子は思う。

「行くぞ。高道、あとは任せた」

「かしこまりました」

深く一礼する高道を背に、柚子は玲夜と歩きだす。後ろから両親が柚子を呼ぶ声が聞こえてきたが、決して振り返らなかった。

玲夜が乗ってきた車で屋敷へと帰ると、安堵の色を浮かべた雪乃たち使用人に出迎えられた。

柚子は申し訳なかったと雪乃たちに謝るが、雪乃たちは怒ることなく、柚子の無事をただただ安心してくれた。

のちほどひとりひとりに謝罪行脚を行おうと決め、柚子は玲夜とともに部屋へ向かう。

途中でまろとみるくが柚子の足にすり寄ってきたので、柚子はしゃがみ込むと二匹の頭をそっと撫でた。

「ありがとう。まろとみるくのおかげで両親に会えたよ」

「アオーン」

「ニャーン」

そうひと鳴きすると、二匹は柚子の部屋の方へと向かっていった。

柚子は玲夜の部屋へ入る。

玲夜がソファーに座ると、柚子はその隣に腰かけた。

そうすれば即座に玲夜に抱きしめられる。

「頼むから急にいなくなるのだけはやめてくれ。心臓に悪い」

「今回は玲夜が悪い。なにも話してくれなかったんだから」

玲夜も分かっているのか、ばつの悪そうな顔をする。

きっと玲夜にそんな顔をさせることができるのは柚子だけなのだろう。

「柚子に知られたくなかったんだ。まさか両親がこりずに柚子を利用しようと動いていると知れば、また柚子が傷つく。これまで十分あの両親に辛い仕打ちを受けてきた柚子に追い打ちをかけるようなことはできなかった。結局バレてしまったがな……」

やはりすべては柚子のためだった。

なによりも柚子が大事で、一番に考えてくれる。そんな玲夜が愛おしくて仕方ない。

柚子は手を伸ばし、そっと玲夜の頬に触れた。

「ねぇ、玲夜。私は玲夜が思ってるほど弱くないわ。だから大丈夫。ちゃんと話して」

「分かった」

玲夜は頬に触れる柚子の手の上から手のひらを乗せ、柚子の温もりを確かめるように目を閉じてから、ゆっくりと開ける。

玲夜の紅い瞳が輝きを増した。

「以前、芹の生家である鬼沢家が柚子を排除しようと不審な動きをしているということは話したな？」

「うん」

「先ほどの豚……神谷と言ったか。鬼沢家はその神谷を動かして柚子の両親を手の内に引き込んでいた。いつかなにかに利用しようと目論(もくろ)んでいたんだろう。まあ、それは当然ながら俺にも父さんの耳にも報告されていた。あえて泳がされていたことも知らず、表向きは鬼沢家は神谷とは無関係を装っていたよ」

豚呼ばわりとか、いろいろとツッコみたいところだが我慢する。

鬼沢家は柚子の両親を玲夜が監視していないと思っていたのだろうか。不穏分子を玲夜や千夜が放置するはずがないというのに。

無関係を装っていたらしいので、神谷とのつながりはバレていないと信じているのかもしれない。

「今年になって父さんが一族に俺たちの結婚を報告したことで動きを活発にしだした。結婚を声高に反対していたのは鬼沢家だったからな。なにかしないかと注意していた」

「芹さんは関係なかったのよね？」

「ああ、そうだ。あれは家とは別で勝手をしていただけだ。鬼沢家としても予想外だったろうな」

千夜と玲夜は最初こそ警戒していたようだが、早々に無関係と判明し、とっとと追い出した。

柚子の花嫁衣装を台なしにしたことは想定外だったろう。

だが、そのおかげで追い出す理由ができたとも言えるので難しいところだ。

「そんな中で、鬼沢が神谷を使い、さらに神谷に両親を使わせて柚子を俺から引き離そうとしていることが判明した」

「でも、神谷って人との結婚なんて私が了承するわけないのに」

穴だらけすぎるのではないかと不思議に思う。

「そうだな、確かに今の柚子ならバッサリと切り捨てただろう。だが、昔の柚子だったらどうした？」

「昔の私？」

「両親から必要だと懇願されたら、それが気に食わない男との結婚だとしても、言うことを聞いていたのではないか？」

柚子はここで暮らす前の自分を思い出して考える。

「確かに、昔の私なら嫌々ながらも必要とされたことを喜んで頷きそう」

「自信のなかった頃の柚子だったら、俺の邪魔になる、ふさわしくない、俺の幸せのためだ、とでも言われたら素直に身を引いたんじゃないか？」

「う～」

否定はできなかった。

きっとメソメソしながら悲劇のヒロインよろしく親の言う通りに動いただろう。

そう考えるとずいぶんと自分は強くなった。いや、図太くなったと言った方が正しいかもしれない。

「鬼沢家にとって想定外だったのは、柚子が昔とははっきり物を言うようになったことだな。俺すら手玉に取るぐらいだ。相手の情報が古かったのが致命的だった」

「なんか恥ずかしい……」

頭を抱えている柚子を玲夜は小さく笑って頭を撫でた。

「俺は今のそういう柚子が好きだ」

甘い囁きは柚子の中に染み入る。

けれど、柚子にはまだ気になることがひとつある。

「……玲夜は花梨がどうしたか知ってるの？」

玲夜は少しの沈黙の後、真剣な顔をした。

「聞きたいか？」

「お父さんとお母さんを置いてどこかに行ったって言ってたの。だから無事なのかだけでも聞きたい」

「簡単に言えば無事だ」

「そう……」

柚子はほっとした。そして、そんな自分に驚いた。

「恐らく妹は気付いたんだろう。狐から離れ、花嫁としてではなくひとりの人間に戻り、周りを見た時、そばにいた両親の歪みに」

「だから花梨は離れたの？」

「少なくとも今は普通の生活を送っている。柚子が心配することはなにひとつない。会いたいなら会わせるが、どうする？」

玲夜が会わせると言うほどだ。きっと花梨は両親のように悪い方に傾いてはいないのだろう。

それだけ分かれば十分だった。

「ううん、大丈夫。会わなくていい」

今は会わないことが最善だと思ったから。

「それよりも、玲夜。私に話していないことはこれで全部？」

「ああ」

「本当に？」

疑わしげな視線を向けると、玲夜は苦笑する。

「間違いなく全部だ。神に誓う」

柚子はその言葉を信じることにした。

「ねぇ、玲夜。私たちもうすぐ結婚するの。分かってる？」

「もちろん分かっている」

「だったらどうして私に隠し事したの？」

玲夜は一瞬言葉に詰まったが、顔を歪めて言葉を選ぶように口を開いた。

「柚子の言いたいことは理解している。だが……」

「病める時も健やかなる時も一緒にいるのが夫婦でしょう？　違う？」

なんと返事すべきか答えを探すような玲夜に、柚子は仕方ないなぁというあきらめとあきれ、そして愛おしさを含んだ笑みを浮かべる。

「でも結局玲夜は私を思って内緒にするんだろうから、私は勝手に首を突っ込むわ」

困った顔をする玲夜の首に柚子は腕を回す。

「何度だって関わってやるんだから。玲夜が危険から引き離そうとしても、自分から突っ込んでいく。それが嫌なら、玲夜はちゃんと私を見ていてね。私はちゃんと玲夜を見ているから」

なにかあってもすぐに気付けるように。

「ああ」

玲夜は柔らかな笑みを浮かべ、柚子に優しいキスを贈る。

「強くなったな」

眩しいものを見るように目を細める玲夜は、愛おしげに柚子の髪を手で梳く。

「だとしたらそれは玲夜のおかげよ。玲夜が私の不安を吹き飛ばすぐらいに一生懸命に愛情を示してくれるから自信を持てるようになったの」

「そうか」

穏やかに微笑む玲夜に、今度は柚子の方から唇を寄せる。

「大好きよ、玲夜。たとえなにも話してくれなくても。それが私のためだと分かっているから」

「俺も愛しているよ。俺のたったひとりの柚子」

遊ぶような軽いキスを何度となく交わし笑い合う。

問題が片付いたからこそ、そんな他愛ないことに幸せを感じる。

「……ところで、問題も片付いたんだから、料理学校へ行ってもいいよね？」

機嫌のよさそうな今だと感じた柚子が切り出したが、玲夜は一気に不機嫌になってしまう。今さっきまでの甘い空気はどこかへ吹っ飛んでいった。

「もう！　なにが問題なの？」

「柚子の手料理を俺以外に食べさせたくない」

まるで子供のような我儘を言う玲夜に、柚子はあきれてしまう。

「最初に食べてもらうのはいつだって玲夜よ」

「当然だ。だが、店をやるなら俺といる時間が減るだろうが」

「週五で玲夜が仕事してる昼間だけとかならいい？」

「……週三だ」

たっぷりの沈黙の後、妥協案を口にした。かなり葛藤したのだろう。けれど、ようやく玲夜から了承の言葉を得ることができた。

「やった！　ありがとう、玲夜！」

喜びそのままに、玲夜に抱きつく。

「俺を放置したら即退学だからな。働くのもなしだ」

「分かってるってば」

「男は雇うな。女だけだ」

「はいはい」

しつこい玲夜にだんだんと柚子の返事もおざなりになっていく。

すると、龍と子鬼が帰ってきた。

『帰ったぞ、柚子』

「ただいま～」

「柚子、帰ったよ～」

なんとも晴れ晴れとした顔をした三人。暴れ回って気が済んだのだろう。

洋館がどうなったか気になるところだが、それよりも玲夜の顔が怖くなった。

「どうして子鬼がしゃべっている？」

『我が許可したのだ。柚子を選ぶなら言葉にして誓えとな』

「僕、誓ったー」

「柚子がいちばーん」

子鬼は無邪気な顔で両手を上げてはしゃいでいる。

玲夜も毒気を抜かれたのか、はぁとため息をつくだけに留めた。

「子鬼ちゃんがしゃべったからって、子鬼ちゃんばっかりかまったりしないよ」

「なら、約束を破ったらお仕置きだからな」

玲夜は意地が悪そうに口角を上げた。

その顔に柚子はしまったと思ったが後の祭りだった。

6章

両親との絶縁を決意し、玲夜ともちゃんと話し合いができて、いつもの甘い雰囲気が戻ってきた。

そんなところへ玲夜の父親、千夜がやってきて、今回の事態に関して謝罪を受ける。

「柚子ちゃんには内輪のもめ事に巻き込んじゃってごめんねぇ」

「それはかまいませんが、できれば事前に私にも教えてもらえると助かります。玲夜は全然話してくれないので」

玲夜にじとっとした眼差しを向けると、ばつが悪そうに柚子のことを見ようとしない。

その様子に、千夜が声を出して笑う。

「あはは、玲夜君もとうとう柚子ちゃんのお尻に敷かれ始めちゃったね〜」

「父さん……」

苦虫を噛みつぶしたような顔でにらむが、今の玲夜ではまったく怖いと感じない。

「ところで、あの神谷って人はどうしたんですか？」

護衛によってどこかへ連れていかれたが、その後の消息は不明である。柚子は気になっていた。

「あのお馬鹿さんならちゃんとお仕置きしておいたから大丈夫だよ〜。二度と柚子ちゃんの前には現れないからね」

ニコニコと人のよさそうな笑顔だが、言っていることはなかなかに恐ろしい。さすが玲夜の父親である。

「えっと……じゃあ、その神谷を裏で操っていた鬼沢家はどうなるんですか？」

一応鬼の一族の一員である。それほど重い罰は与えられないのだろうなと思っていたら……。

「あの家は島流しの刑だ」

当たり前のように言う玲夜に、それ以上深く聞けなくなった。

玲夜と千夜が笑顔の中にあまりにも凶悪な色を目に宿していたので、きっと島流しで済んでいないに違いない。

柚子は心の中で合掌した。

『主家を裏切っておったなら当然の報いだ』

龍の言葉に子鬼もうんうんと頷いている。

「まあ、鬼の一族の中のことは僕や玲夜君が片付けることだから、柚子ちゃんは気にしなくていいんだよぉ」

知らない方が柚子のためだ、という副音声が聞こえてきそうな千夜の笑顔に、柚子は笑って誤魔化した。

さまざまな問題が片付き、柚子は玲夜とともに本家からもほど近い老舗の高級ホテルの大広間を見学に来ていた。

披露宴会場を下見に来たのだ。

鬼龍院御用達のホテルで、なにか大きなパーティーがあると利用しているらしい。

遠い昔は玲夜の両親の、最近では桜子と高道の披露宴に使われた。

桜子と高道は柚子が見学している広間より、ひとつ小さい広間だったようだ。

ホテルで一番広いというこの大広間は、柚子の想像を遥かに超える広さである。

「玲夜、ここちょっと広すぎない？　桜子さんたちが使った広間の方がまだよくないかな？」

それでも柚子には広すぎると感じる部屋だった。

いったいあのふたりの披露宴では何人招待したのだろうか。

圧倒される柚子に対し、玲夜は大広間を見渡して表情ひとつ変えない。

「いや、これぐらいの広さは必要だろう。むしろ狭いか？」

「いやいやいや、全然狭くないよ！」

狭いという言葉と結びつくような部屋ではない。

「招待客の名簿を確認したか？」

「ううん。まだ。私の方の招待客はリストアップして高道さんに渡したけど、玲夜の方は確認してない」

「高道」

ともに来ていた高道がさっと柚子に書類を渡してくる。

受け取った柚子が内容を確認すると、何枚にも続く名前の羅列。

もしかしなくとも、嫌な予感がしてきた。

「えっ、まさかこれ全部招待客？」

「そうだ」

肯定する玲夜に高道が付け加える。

「とりあえず決まっている方々だけで、これからまだ増える予定です」

めまいを起こしそうな衝撃だった。

確かにこの大広間ほどの大きさは必要かもしれないと納得させられた。

「さすが鬼龍院……」

「そうですね。あやかし界でも日本経済界でもトップに立つ鬼龍院家次期当主の披露宴ですので、これぐらいは当然かと」

なぜか高道が自慢げにしている。

披露宴についても主役である柚子と玲夜以上に気合いを入れているのが高道である。

玲夜至上主義の高道としては、絶対に成功させたい大事な宴なのだろう。先日桜子と会った時に、自分の結婚式より力を入れているとあきれていたのを思い出した。

頼もしくはあるのだが、主役よりも先に涙を流すようなことはしないでくれと願いたい。

鬼龍院の伝統もよく分からない柚子は、高道の必死の説明にただ頷くだけだ。

いつの間にか披露宴のスケジュールから、演出までいろいろと決められていた。

悔しいかな。自分の結婚式なのだから勝手に決めるなと文句を言いたいところだが、なんとも柚子好みな演出内容となっているので文句の言葉も出ない。

むしろ柚子が知らなかった変わった演出まで組み込まれていて、逆に興味をそそられるほどである。

いったいどれだけ調べ尽くした上で提案してきているのか。玲夜へ対する高道の執念を見た気がする。

ちゃんと仕事はしていたのかと心配になった。

「……と、このような流れになりますが、よろしいですか？」

「それでいいだろう。柚子はどうだ？　なにかしたいことがあるなら高道に言うといい」

「ほぼ高道さんが言っちゃったから言うことない……」

なんでもこなす敏腕秘書。

一応、そばに今回の披露宴を任せるプランナーは立っているのだが、彼女の出番は特にないようだ。自分を放置して力説する高道に困ったように笑っている。

高道はいっそ結婚式のプランナーに転職すればいいと思う。きっと、その業界でもやっていけるに違いない。

会場も決まり、高道がプランナーと打ち合わせをしている間、柚子は玲夜とともにホテルのラウンジでケーキを食べていた。

「疲れたか？」

「疲れる前に高道さんが全部やってくれてるから」

すると、玲夜は小さくため息をついた。

「高道は、披露宴の企画をやると言って聞かなくてな。素晴らしいものにしてみせるからと押し切られた。嫌なら今からでも内容を変更してもいいんだぞ？」

「それだと高道さんがかわいそうかも。別にいいよ。高道さんもちゃんと先にやりたいことはないかって聞いててくれてたし。ただ、プランナーさん以上の知識量にドン引きしたけど」

「桜子によると、家に帰ってから睡眠時間を削ってまで調べていたらしい」

さすがに玲夜から高道へのあきれが見える。

「高道さん、玲夜のこと大好きだからねぇ」

「荒鬼の家系は皆そうだ。こればかりはあきらめろと父さんからも言われている」

再び玲夜はため息をついた。柚子はそれに笑うしかない。

愛されすぎるというのも困ったものなのだろう。玲夜にはぜひとも理解してほしい感情である。

「柚子、スマホが鳴ってる」

「あっほんとだ」

画面を見ると東吉からだった。

「もしもし、にゃん吉君？」

『産まれたぁ!!』

耳にキーンと突き抜けるかのような大きな声に柚子は驚く。

きっと、向かいに座る玲夜にも聞こえたはずだ。

「えっ、どういうこと？」

『だから、産まれたんだって。さっき、透子が女の子産んだんだよ』

「えー!!」

柚子はここが静かなホテルのラウンジであることも忘れて大きな声を出してしまった。

我に返って慌てて口を塞ぐが後の祭りである。柚子は恥ずかしそうにしながら今度は声をひそめた。

「それで透子は大丈夫？」

『ああ、母子ともに元気いっぱいだ』

「それならよかった」

『もう家では祭りでも始まったかのような騒ぎだよ』

確かに電話の向こうから、なにやら賑やかな声が漏れてくる。

「これでにゃん吉君もお父さんだね」

まだ〝東吉〟と〝お父さん〟という言葉がつながらず、違和感がある。

『からかうなよ。なんか気恥ずかしいじゃんか』

柚子はクスクスと笑った。

「おめでとう」

『おう、サンキュー。じゃあ、次は蛇塚に連絡しないといけねぇから』

「うん。落ち着いたら会いに行くね」

『おー、待ってるぞ』

そうして電話を切ると、玲夜に笑みを向ける。

「産まれたんだって。女の子」

「そうか。なら、祝いの品を贈らないとな」

「ほんとだね。なにがいいだろう」

なにを贈るか考えるだけでも心がウキウキとしてくる。

ピロンと音が鳴ったのでスマホを確認すると、東吉から産まれたばかりのかわいらしい赤ちゃんの画像が送られてきた。

「玲夜、見て見て！」

玲夜に画像を見せると、穏やかな顔で小さく笑った。

「皺くちゃだな」

「確かにそうだけど、かわいいじゃない」

「柚子の子だったらもっとかわいい」

急に甘い微笑みを浮かべ柚子の頬に触れる玲夜に、柚子の顔が紅くなる。

「前はふたりの時間を長く取りたいからしばらくいいと言っていたが、早くてもいいかもな。柚子と子供が家で待ってると思うと仕事も早く終わりそうだ」

「玲夜……。それって私を働かせたくないだけじゃないの？」

じとっと見つめれば、くくくっと肩を震わせる。

「バレたか」

「もう！　やっと許してくれたと思ったのに、まだ学校へ行くのをやめさせることあきらめてなかったのね」

「当たり前だ。どこに大手を振って花嫁を外に出すあやかしがいるんだ」

あきらめの悪さにあきれるが、これでも最大限の譲歩はしてくれていると分かっているので柚子も強気には出られない。

「学校は一年だけだから」

「浮気は――」

「しません！」

これまで何度となく繰り返されたやりとりである。

柚子の選んだ料理学校が男女共学の一般人向けの学校だったのでなおさらだ。

かくりよ学園なら鬼龍院の威光が強くて誰も近付いてこないことを知っているので玲夜も浮気の心配などしないのだが、来年から通う料理学校はあやかしとは無関係の人間ばかりの学校なので心配が尽きないのだろう。

「それに子鬼ちゃんと龍は連れていってもいいように交渉してくれたんでしょう？」

「お目付役は必要だからな。寄付金をちらつかせて納得させた」

平然としているが、要は金に物を言わせたのだ。

鬼龍院とは無関係の学校と言えど、鬼龍院の権力が効かないわけではないのである。

突然鬼龍院に圧力をかけられて学校関係者はさぞ胃を悪くしただろうが、柚子が学校に通うために子鬼たちの存在は必要不可欠だったので、心の中でひっそりと謝った。

心配してくれる玲夜には申し訳ないけれど、料理を習えると思うと今から楽しみで仕方ないのだ。

＊＊＊

花嫁が産んだ子供の誕生に、猫田家では三日三晩どんちゃん騒ぎが続いたらしい。

柚子はすぐにでも駆けつけたかったが、透子の体力が戻るのを見計らってから猫田家を訪れた。

「柚子、若様、いらっしゃい」

産後少し経った透子はいつも通りの笑顔で迎えてくれた。

元気そうな姿を見てほっとする。

「おめでとう、透子。にゃん吉君。これお祝い」

「ありがとう、柚子」

中身は玲夜と一緒に選んだかわいらしいベビー服だ。

まるで自分たちの予行演習かのようにベビー用品を見てはしゃいでしまった。

ベビー服はかわいいものが多く、あれもこれもと欲張っていたら両手いっぱいになってしまったが、透子から東吉が必要以上にベビー用品を買ってくると愚痴を聞いていたので、厳選に厳選を重ねた一品を買ってきた。

東吉は赤ちゃんにデレデレのようで、ずっとべったりだと透子があきれている。今もベビーベッドに寝ている赤ちゃんの寝姿をカメラにおさめている最中だ。

「昨日も同じことしてたんだから。昨日も今日も大して変わらないってのに」

「にゃん吉君、溺愛だねぇ」

「そのうち反抗期になったらうっとうしいって言われるんだから今が花よ」

「にゃん吉君、絶望しそうだね」

古今東西、娘とは父親を嫌う時期が来るものだ。まあ、柚子は両親が両親だったので、反抗期は経験していないのだが。

「ねえ、柚子も抱っこしてみる？」

「えっ、いいの？」

柚子の目が輝く。

カメラ小僧となっている東吉を押しのけ、透子がまだ首も据わっていない赤ちゃんを抱き上げて柚子の元に連れてくる。

「そっとよ。首に腕を回して」

「わわわっ」

ゆっくりと手渡され抱っこした赤ちゃんは思っていたよりずしりとした重さを感じた。

けれどまだまだ小さいその命になにやら感動する。

「わー、かわいい……。ねぇ、玲夜」

ぱっと見上げると、優しい顔をした玲夜と目が合う。

「そうだな」

すると、それまで眠っていた赤ちゃんが目を開けた。

「あっ、起きたみたい」

「なに⁉ ヤバい、柚子。鬼龍院様から離れろ！」

「えっ？ なんで？」

急に慌てだした東吉に柚子が戸惑う。赤ちゃんは玲夜をじーっと見つめたかと思うと、手を伸ばした。

「あら、莉子（りこ）は若様が好きみたいね」

莉子とは赤ちゃんの名前だ。

「えっ、まじか⁉」

東吉は驚いたように我が子の様子をうかがっている。

「にゃん吉君はなにをそんなに驚いてるの？」

「忘れたのか、柚子。俺ら猫又は弱いあやかしなんだ。鬼の強い霊力を前にしたら普通の子供はギャン泣きするぞ。大人でもギャン泣きするぐらいなんだ」

大人のギャン泣きなど見たくはないが、東吉の言いたいことは分かった。

確かに、今でこそ玲夜に慣れた猫田家だが、初訪問の時は上を下への大騒ぎだった。

猫又の子供が鬼の気配を怖がるのはもっともだ。

だが、莉子はまったく怖がる様子もなく玲夜へ手を伸ばしている。

「さすが私の子。若様の美しさには弱いのね」

透子がひとり納得している。

「玲夜も抱っこしてみる？」

すると、玲夜が目を見張る。

「透子、いい？」

「もっちろん。ほら若様、手出して」

「いや、俺は……」

玲夜は珍しく戸惑いを表情に出していたが、強引な透子に無理やり手渡された。

恐る恐る莉子を抱く玲夜は一枚の絵画のよう。

すかさず透子が東吉から奪ったカメラのシャッターを連写している。

「やはり花嫁の産んだ子だ。猫又ながらに霊力が強い。俺に泣かないとは、将来が楽しみだな」

他人には冷たい表情をすることの多い玲夜も赤ちゃんに対しては表情筋も緩むようだ。柚子に向けるものとはまた違った穏やかな表情をしている。

柚子はすすすっと透子に近付き囁く。

「その写真、後で私にもちょうだいね」

「ふふふ、もちろん。それにしても、若様の今の姿を見てると若様の子供が生まれるのが楽しみね、柚子」

ぽんと肩を叩かれた柚子は、玲夜が大事そうに赤ちゃんを抱く姿に未来の光景を見た。

「うん……。本当に楽しみ」

その時が来たら夢のような幸せを感じることができるだろう。

きっと遠くない未来に実現するに違いない。

そして、あっという間に時は流れ、大学を卒業した柚子は晴れの日を迎える。

大学を卒業してすぐ、鬼龍院本家の一室に柚子の姿があった。白無垢を着て綺麗にメイクをされている。

柚子が椅子に腰かけていると、部屋に祖父母が入ってくる。

「おじいちゃん。おばあちゃん」

「綺麗よ、柚子」

「ああ、本当に綺麗だ」

祖父は眩しいものでも見るように目を細め、祖母はすでに目に光るものが浮かんでいた。

祖母はハンカチで目を拭うと、雪乃から筆を渡される。そして筆に紅をつけ、それを柚子の唇に塗る。

鮮やかな紅が柚子の唇を彩った。

「ありがとう、おばあちゃん」

それだけで祖母の涙腺は決壊したようだ。

「おい、まだ式も始まっていないうちから泣いてどうするんだ」

そうたしなめる祖父の目にも涙が光っていて説得力がない。

柚子はクスクス笑い、ゆっくりと立ち上がってふたりに向かい合う。

「おじいちゃん、おばあちゃん。これまでたくさん迷惑かけてごめんね」

「迷惑なんてかけられた覚えはありませんよ」

「その通りだ」

そんな風に言ってくれる優しいふたりに柚子はこれだけは伝えたかった。

「ふたりがいたからあの家でもなんとかやっていくことができたの。玲夜と出会えて、今こうしていられるのもおじいちゃんとおばあちゃんのおかげ。本当にありがとう」

メイクをしているので泣くまいとぐっと目に力を入れるが、それでも視界がにじむのは止められなかった。

「ほらほら、綺麗なお化粧が取れちゃうわ」

ハンカチで目元を押さえてくれた祖母は柚子の手を握った。

「今の幸せはあなた自身の力で手にしたものよ。幸せになりなさい、柚子」

「うん……」

涙声で頷く柚子を、祖母はぎゅっと抱きしめてから離れた。

「俺たちは先に行っている」

「頑張ってね、柚子」

「うん」

祖父母が退出すると、涙で少し落ちたメイクを直してもらい、支度の手伝いをしていた人たちも用事を終えて出ていく。

入れ違いになるように入ってきた玲夜は黒い羽織袴を着ていた。

「玲夜」

「いつも綺麗だが、今日は一段と綺麗だ」

そう言ってそっと触れるだけのキスを額に落とす。

「俺の柚子。やっと本当の意味で俺のものになるんだな」

「私が玲夜のものになるなら、玲夜はわたしのもの？」

茶目っ気たっぷりな笑みを浮かべると、玲夜もクスリと笑う。

「ああ、俺は柚子のものだ」

ぎゅっと抱きしめられて柚子も玲夜の背に腕を回す。

それとなく柚子の着物を崩さないような力加減がされていて柚子は頬が緩んだ。

「式の前に柚子に見せたい物があるんだ」

「見せたい物？」

ふたりはゆっくりと離れ、玲夜は袖から一枚の丸めた厚紙を柚子に差し出した。

不思議に思いながら手に取り、丸められた紙を広げると、建物の設計図だった。

設計図の横には完成予想図となる絵も描かれており、どんな建物になるかイメージが浮かぶ。

柚子好みのかわいらしくお洒落なカントリー風の建物は、住居というよりは店舗のよう。

「玲夜、これは？」

「柚子の店だ」

柚子は驚いたように目を瞬く。

「料理学校を卒業したら店を持つんだろう？　本家から近い場所に土地を買った。あとは建物を作るだけだ。それはあくまで予想図だから、変更したいところはこれから建築士と話し合って決めたらいい。俺から柚子への結婚のサプライズプレゼントだ」

「そんな……。どうしてこんなものを用意してくれたの？　反対してたはずなのに」

「柚子の喜ぶ顔が見たい。ただそれだけだ」

あんなにも柚子が働くことを反対していた玲夜からのまさかのプレゼント。

柚子はあまりの驚きで言葉が出てこなかった。

それに不安を感じた玲夜が柚子をうかがう。

「気に入らなかったか？　それなら別のものを用意しても――」

「違う！」

勘違いしている玲夜に思わず柚子の声が大きくなってしまった。

「全然違うの。その逆。嬉しくて、嬉しすぎて声が出てこなかった」

「そうか」

ほっとしたように優しげな玲夜の微笑みに涙が零れそうになる。

「玲夜は私を甘やかしすぎると思うの」

「いつも言ってるが、それが俺の楽しみだ。柚子はただ喜んでくれればいい」

「喜んでる！　嬉しいに決まってるじゃない」

「なら、それでいい」

柚子はぐっと言葉に詰まる。

「……困るよう。だって私なにも用意してないのに。私だってサプライズすればよかった。玲夜に喜んでほしかった」

なぜそこまで頭が回らなかったのかと後悔でいっぱいだ。

「柚子がここにいる。それがなにより俺にとっては嬉しいプレゼントだ」

「そんなのプレゼントにならないよ。私だって同じだもの。あの日玲夜が私を見つけてくれたから今ここにいられるんだもの。玲夜には感謝してもしきれないものをたくさんもらってる」

愛に飢えていた自分を見つけ、あふれるほどの愛情で包み込んでくれた玲夜。

もらったものは数えきれず、返しきれない愛をたくさんもらった。

今の柚子がいるのは間違いなく玲夜のおかげなのだ。

「柚子。花嫁というのは誰もが出会えるものじゃない。花嫁と出会えただけでもそのあやかしは運がいいんだ。そして、出会えたからといって必ず結ばれるとも限らない」

花梨と別れなければならなかった瑶太。

梓の手を離した蛇塚。

花嫁を見つけたその先に必ず幸せな未来が手に入るわけではない。

「そんな中で柚子も俺を愛してくれた。ありがとう、柚子」

こつんと額と額をくっつける。

「柚子はどうだ？　俺と一緒にいて幸せか？」

「あ……当たり前じゃない。玲夜が大好き。玲夜のそばにいられてとっても幸せよ」

「俺もそばにいられて幸せだ。だからこれからもそばにいてくれ。この命続く限り」

「うん。ずっとそばにいるよ」

ふたりは未来を誓い合うように唇を合わせた。

こんなにも幸せを感じる日が来るなど、昔の自分は考えもしなかった。

本当なら世界の違いすぎる玲夜と交わることのなかった運命が、重なったあの日。

あの夜を柚子は一生忘れることはないだろう。

絶望と悲しみの中出会った愛しい人の〝あの声〟からすべてが始まった。

『見つけた、俺の花嫁』

特別書き下ろし番外編

『ぐふふふ。どうだ、この衣装』

わざと目に入るようにバサリとはためかせるのは、呉服店で龍がこの日の晴れ舞台のために特注した衣装である。

『マントのようにしてみたのだ。似合うであろう？』

めでたい日にふさわしい花七宝文様(はなしっぽうもんよう)の生地で作られたマントをまとった龍は子鬼たちに自慢げに見せびらかす。

すると、見ていたまろとみるくが龍に飛びかかった。

「アオーン！」

「にゃん！」

『ぬぉぉぉ、なにをする！　これは我のだ！　そなたたちは柚子にリボンをつけてもらっているであろう』

まろとみるくの首には、花柄の青とピンクの色違いのリボンがついていた。

しかし、それとこれとは別なのか、ひとりだけ特注の龍が羨ましいようだ。

『離せぇ。離すのだぁ！』

うねうね体を動かすが、まろとみるくはスッポンのように離れない。

すると、見かねた子鬼がまろとみるくを龍から引き剥がす。

「まろ、駄目」

「みるくも、めっ！」

「アオーン」

「ニャーン」

二匹は納得がいかなそうに子鬼になにやら訴えているが、子鬼は「駄目なの」とたしなめる。

そんな子鬼たちは、元手芸部部長お手製の羽織袴を着ていた。

もう三着ずつ作ってもらったが、それは今度行われる披露宴で着用する予定なのだ。

一度、芹により色打ち掛けが台なしになり、生地が変わったことを元部長に知らせたら、まだ和装は製作前だったようで問題なかったのは幸いだった。

今回の挙式は鬼の本家で行われるため元部長は来ていないが、披露宴には出席する。

きっと氷が降ろうが台風が来ようが這ってでもやってくるだろう。柚子の結婚式ではなく、子鬼たちの晴れ姿を見るためだけに。

「ほら、もうすぐ始まる」

「席に行こう」

『おー、そうだな。遅刻しては本末転倒、急ぐのだ』

そうして、子鬼と猫と龍は客席の一番前を陣取った。

保護者枠なのか、柚子の祖父母の隣にちょこんと座っている。

しばらくすると、玲夜に手を引かれた柚子が会場に入ってきた。

白無垢に綺麗に髪を結い上げて花飾りをつけた柚子は、鬼のあやかしにも負けないほど美しい。

『うむうむ。さすが柚子。世界で一番綺麗な花嫁だ』

これには反論がないのか、普段龍には文句が多い猫たちも静かにしている。

柚子と玲夜の前にそれぞれ盃が置かれ、玲夜はためらいなく指を針で刺して血を一滴落とす。

柚子は恐る恐るという様子でためらいがちに針で刺していた。

無事に血を落とした後はほっとした表情をしている。

昨日のうちからちゃんと針で刺せるかと心配していたので、問題なく遂行できて今は安心していることだろう。

そこへ酒とともに桜の花びらが一片入れられた。

初代花嫁のサクが眠る桜は、一度枯れるも、今年は見事な花を満開にさせたのだ。

まるで柚子と玲夜の結婚を祝福しているかのように思えた。

盃を交換し、ふたりはぐいっと飲み干す。

その瞬間、周囲から大きな拍手が起こった。

子鬼も笑顔でパチパチと一生懸命拍手している。

無事に儀式を終えた柚子は、嬉しそうに玲夜と視線を交わしていた。

その姿は龍の目から見ても本当に幸せいっぱいに見え、感慨深くなる。

結局幸せかと問われたら首をかしげてしまう最後となってしまったサクと、幸せそうに笑う柚子の姿が重なる。

同じ魂を持っていても、その差は大きい。

一龍斎は落ちぶれ、亡霊も祓（はら）った。もう過去が繰り返されることはないだろう。

そう思うと、龍は心から安堵するのだった。

『幸せになるのだぞ、柚子。サクが叶えたくても叶えられなかった分もたくさんな』

そのために我らはいるのだからと、龍はまろとみるくと視線を交わす。

柚子と玲夜の頭上に飛び、その上をグルグルと旋回すると光が生まれた。

数え切れない光る粒子が雨となって降り注ぎ、柚子と玲夜の新しい門出を祝福しているようだった。

完

あとがき

こんにちは、クレハです。

鬼花シリーズ完結編となりました本作をご覧いただきありがとうございます。

とうとう五巻目にてようやく結婚となりましたふたり。

玲夜の柚子への溺愛ぶりは相変わらずですが、大事すぎるが故にうまくいかなくなってしまう玲夜の葛藤。

そして、一巻の頃の柚子と比べたらずいぶんと印象は違ってくるのではないでしょうか。

そんな巻を追うごとに強さと自信を持っていく柚子の心の成長をうまく書けていたら嬉しいです。

そして一巻から変わらぬ仲の透子と東吉も彼ららしいハッピーエンドを迎えます。

なにより書けてよかったのは、一度は花嫁を失ってしまった蛇塚のその後です。

杏那というちょっと押しが強く嫉妬深い雪女の存在は蛇塚にとって癒しの存在になるのではないでしょうか。

この杏那は書いていてお気に入りになったキャラだったのですが、皆様はどうでしたでしょうか。

今回の表紙は結婚式とあって白無垢。

花はダリアなのですが、白谷ゆう様がふたりの結婚式には欠かせないと、桜のシルエットも入れてくださいました。

背景にも縁起のいい矢絣（やがすり）の文様を描いてくださるという細かい気遣い。すごいですね。そんなところも楽しんでいただきたいなと思います。

最後に、ここまで見守ってくださった皆様にお礼を申し上げたいと思います。

本当にありがとうございました。

またお会いできるのを楽しみにしております。

クレハ

この物語はフィクションです。実在の人物、団体等とは一切関係がありません。

クレハ先生へのファンレターのあて先
〒104-0031　東京都中央区京橋1-3-1　八重洲口大栄ビル7F
スターツ出版（株）書籍編集部 気付
クレハ先生

鬼の花嫁五
～未来へと続く誓い～

2021年12月28日　初版第1刷発行
2022年6月3日　　第8刷発行

著　者　　クレハ　

発 行 人　菊地修一
デザイン　カバー　北國ヤヨイ（ucai）
　　　　　フォーマット　西村弘美
発 行 所　スターツ出版株式会社
　　　　　〒104-0031
　　　　　東京都中央区京橋1-3-1　八重洲口大栄ビル7F
　　　　　出版マーケティンググループ　TEL 03-6202-0386
　　　　　（ご注文等に関するお問い合わせ）
　　　　　URL　https://starts-pub.jp/
印 刷 所　大日本印刷株式会社

Printed in Japan

定価はカバーに記載されています。
ISBN　978-4-8137-1195-7　C0193

スターツ出版文庫　好評発売中!!

『僕を残して、君のいない春がくる』　此見えこ・著

顔の傷を隠すうち、本当の自分を偽るようになった晴は、ずっと眠りつづけてしまう難病を抱えるみのりと出会う。ある秘密をみのりに知られてしまったせいで、口止め料として彼女の「普通の高校生になりたい」という願いを叶える手伝いをすることに。眠りと戦いながらもありのままに生きる彼女と過ごすうち、晴も自分を偽るのをやめて、小さな夢を見つける。しかし、冬を迎えみのりの眠りは徐々に長くなり…。目覚めぬ彼女の最後の願いを叶えようと、晴はある場所に向かうが——。

ISBN978-4-8137-1181-0／定価660円（本体600円+税10%）

『笑っていたい、君がいるこの世界で』　麻沢 奏・著

中学３年のときに不登校になった美尋は、ゲームの推しキャラ・アラタを心の支えに、高校へ入学。同じクラスには、なんと推しとそっくりな男子・坂木新がいた——。戸惑っているうちに、彼とふたり図書委員を担当することに。一緒に過ごすうちに美尋は少しずつ心がほぐれていくも、トラウマを彷彿させることが起きてしまい…。周りを気にしすぎてしまう美尋に対し、まっすぐに向き合い、美尋の長所に気付いてくれる新。気付けば唯一の支えだった推しの言葉より、新の言葉が美尋の心を強く動かすようになっていき…。

ISBN978-4-8137-1182-7／定価638円（本体580円+税10%）

『夜叉の鬼神と身籠り政略結婚三～夜叉姫は生贄花嫁～』　沖田弥子・著

あかりと鬼神・柊夜の間に産まれ、夜叉姫として成長した長女・凜。両親に愛されつつも、現世での夜叉姫という立場に孤独を抱えていた。まもなく二十歳となる凜は、生贄花嫁としてその身を鬼神に捧げる運命が決まっていて…。「約束通り迎えに来た、俺の花嫁」——。颯爽と現れたのは異国の王子様のような容姿端麗な鬼神・春馬だった。政略結婚の条件として必ず世継が欲しいと春馬に告げられる。神世と現世の和平のためと、経験のない凜は戸惑いながらも、子を作ることを受け入れるが…。

ISBN978-4-8137-1183-4／定価671円（本体610円+税10%）

『遊郭の花嫁』　小春りん・著

薄紅色の瞳を持つことから疎まれて育った吉乃。多額の金銭と引き換えに売られた先は、あやかしが“花嫁探し”のために訪れる特別な遊郭だった。「ずっと探していた、俺の花嫁」そう言って吉乃の前に現れたのは、吉原の頂点に立つ神様・咲耶。彼は、吉乃の涙には“惚れ薬”の異能があると見抜く。それは遊郭で天下を取れることを意味していたが、遊女や妖に命を狙われてしまい…。そんな吉乃を咲耶は守り抜くと誓ってくれて——。架空の遊郭を舞台にした、和風シンデレラファンタジー。

ISBN978-4-8137-1180-3／定価693円（本体630円+税10%）

スターツ出版文庫　好評発売中!!

『交換ウソ日記3～ふたりのノート～』　櫻いいよ・著

周りに流されやすい美久と、読書とひとりを好む景は、幼馴染。そして、元恋人でもある。だが高校では全くの疎遠だ。ある日、景は自分を名指しで「大嫌い」と書かれたノートを図書室で見つける。見知らぬ誰かに全否定され、たまらずノートに返事を書いた景。一方美久は、自分の落としたノートに返事をくれた誰かに興味を抱き、不思議な交換日記が始まるが…その相手が誰か気づいてしまい⁉ふたりは正体を偽ったままお互いの気持ちを探ろうとする。しかしそこには思いもしなかった本音が隠されていて――。

ISBN978-4-8137-1168-1／定価715円（本体650円+税10%）

『月夜に、散りゆく君と最後の恋をした』　木村 咲・著

花屋の息子で嗅覚が人より鋭い明日太は同級生の無愛想美人・莉愛のことが気になっている。彼女から微かに花の香りがするからだ。しかし、その香りのワケは、彼女が患っている奇病・花化病のせいだった。花が好きな莉愛は明日太の花屋に通うようになりふたりは惹かれ合うが…臓器に花の根がはり体を蝕んでいくその病気は、彼女の余命を刻一刻と奪っていた。――無力で情けない僕だけど、「君だけは全力で守る」だから、生きて欲しい――そして命尽きる前、明日太は莉愛とある最後の約束をする。

ISBN978-4-8137-1167-4／定価638円（本体580円+税10%）

『鬼の生贄花嫁と甘い契りを』　湊 祥・著

赤い瞳を持って生まれ、幼いころから家族に虐げられ育った凛。あることがきっかけで不運にも凛は鬼が好む珍しい血を持つことが発覚する。そして生贄花嫁となり、鬼に血を吸われ命を終えると諦めていた凛だったが、颯爽と迎えに現れた鬼・伊吹はひと目で心奪われるほどに見目麗しく色気のある男性だった。「俺の大切な花嫁だ。丁重に扱え」伊吹はありのままの凛を溺愛し、血を吸う代わりに毎日甘い口づけをしてくれる。凛の凍てついた心は少しずつ溶け、伊吹の花嫁として居場所を見つけていき…。

ISBN978-4-8137-1169-8／定価671円（本体610円+税10%）

『大正ロマン政略婚姻譚』　朝比奈希夜・著

時は大正十年。没落華族令嬢の郁子は、吉原へ売り渡されそうなところを偶然居合わせた紡績会社御曹司・敏正に助けられる。『なぜ私にそこまでしてくれるの…』と不思議に思う郁子だったが、事業拡大を狙う敏正に「俺と結婚しよう」と政略結婚を持ちかけられ…。突然の提案に郁子は戸惑いながらも受け入れる。お互いの利益のためだけに選んだ愛のない結婚のはずが、敏正の独占欲で過保護に愛されて…。甘い言葉をかけてくれる敏正に郁子は次第に惹かれていく。限定書き下ろし番外編付き。

ISBN978-4-8137-1170-4／定価682円（本体620円+税10%）

スターツ出版文庫　好評発売中!!

『30日後に死ぬ僕が、君に恋なんてしないはずだった』　茉白いと・著

難病を患い、余命わずかな呉野は、生きることを諦め日々を過ごしていた。ある日、クラスの明るい美少女・吉瀬もまた“夕方の記憶だけが消える”難病を抱えていると知る。病を抱えながらも前向きな吉瀬と過ごすうち、どうしようもなく彼女に惹かれていく呉野。「君の夕方を僕にくれないか」夕暮れを好きになれない彼女のため、余命のことは隠したまま、夕方だけの不思議な交流を始めるが——。しかし非情にも、病は呉野の体を蝕んでいき…。

ISBN978-4-8137-1154-4／定価649円（本体590円+税10%）

『明日の世界が君に優しくありますように』　汐見夏衛・著

あることがきっかけで家族も友達も信じられず、高校進学を機に祖父母の家に引っ越してきた真波。けれど、祖父母や同級生・漣の優しさにも苛立ち、なにもかもうまくいかない。そんなある日、父親と言い争いになり、自暴自棄になる真波に漣は裏表なくまっすぐ向き合ってくれ…。真波は彼に今まで秘めていたすべての思いを打ち明ける。真波が少しずつ前に踏み出し始めた矢先、あることがきっかけで漣が別人のようにふさぎ込んでしまい…。真波は漣のために奔走するけれど、実は彼は過去にある後悔を抱えていた——。

ISBN978-4-8137-1157-5／定価726円（本体660円+税10%）

『鬼の花嫁四～前世から繋がる縁～』　クレハ・著

玲夜からとどまることなく溺愛を注がれる鬼の花嫁・柚子。そんなある日、龍の加護で神力が強まった柚子の前に、最強の鬼・玲夜をも脅かす力を持つ謎の男が現れる。そして、求婚に応じなければ命を狙うと脅されて…⁉「俺の花嫁は誰にも渡さない」と玲夜に死守されつつ、柚子は全力で立ち向かう。そこには龍のみが知る、過去の因縁が隠されていた…。あやかしと人間の和風恋愛ファンタジー第四弾！

ISBN978-4-8137-1156-8／定価682円（本体620円+税10%）

『鬼上司の土方さんとひとつ屋根の下』　真彩-mahya-・著

学生寮で住み込みで働く美晴は、嵐の夜、裏庭に倒れている美男を保護する。刀を腰に差し、水色に白いギザギザ模様の羽織姿…その男は、幕末からタイムスリップしてきた新選組副長・土方歳三だった！　寮で働くことになった土方は、持ち前の統制力で学生を瞬く間に束ねてしまう。しかし、住まいに困る土方は美晴と同居すると言い出して…⁉　ひとつ屋根の下、いきなり美晴に壁ドンしたかと思えば、「現代では、好きな女にこうするんだろ？」——そんな危なっかしくも強くて優しい土方に恋愛経験の無い美晴はドキドキの毎日で…⁉

ISBN978-4-8137-1155-1／定価704円（本体640円+税10%）

スターツ出版文庫　好評発売中!!

『記憶喪失の君と、君だけを忘れてしまった僕。2～夢を編む世界～』 小鳥居ほたる・著

生きる希望もなく過ごす高校生の有希は、一冊の本に出会い小説家を志す。やがて作家デビューを果たすが、挫折を味わいまた希望を失ってしまう。そんな中、なぜか有希の正体が作家だと知る男・佐倉が現れる。口の悪い彼を最初は嫌っていた有希だが、閉ざしていた心に踏み込んでくる彼にいつしか救われていく。しかし佐倉には結ばれることが許されぬ秘密があった。有希は彼の幸せのために身を引くべきか、想いを伝えるべきか揺れ動くが…。その矢先、彼を悲劇的な運命が襲い──。1巻の秘密が明らかに!? 切ない感動作、第2弾！

ISBN978-4-8137-1139-1／定価693円（本体630円+税10%）

『半透明の君へ』 春田モカ・著

あるトラウマが原因で教室内では声が出せない“場面緘黙症”を患っている高2の柚葵。透明人間のように過ごしていたある日、クールな陸上部のエース・成瀬がなぜか度々柚葵を助けてくれるように。まるで、彼に自分の声が聞こえているようだと不思議に思っていると、成瀬から突然『人の心が読めるんだ』と告白される。少しずつふたりは距離を縮め惹かれ合っていくけれど、成瀬と柚葵の間には、ある切なすぎる過去が隠されていた…。“消えたい”と“生きたい”の間で葛藤するふたりが向き合うとき、未来が動き出す──。

ISBN978-4-8137-1141-4／定価671円（本体610円+税10%）

『山神様のあやかし保育園二～妖こどもに囲まれて誓いの口づけいたします～』 皐月なおみ・著

お互いの想いを伝え合い、晴れて婚約できた保育士のぞみと山神様の紅。同居生活をスタートして彼からの溺愛は増すばかり。でも、あやかし界の頂点である大神様のお許しがないと結婚できないことが発覚。ふたりであやかしの都へ向かうと、多妻を持つ女好きな大神様にのぞみが見初められてしまい…。さらに大神様の令嬢、雪女のふぶきちゃんも保育園に入園してきて一波乱!?果たしてふたりは無事結婚のお許しをもらえるのか…？保育園舞台の神様×保育士ラブコメ、第二弾！

ISBN978-4-8137-1140-7／定価693円（本体630円+税10%）

『京の鬼神と甘い契約～天涯孤独のかりそめ花嫁～』 栗栖ひよ子・著

幼い頃に両親を亡くし、京都の和菓子店を営む祖父のもとで働く茜は、特別鋭い味覚を持っていた。そんなある日、祖父が急死し店を弟子に奪われてしまう。追放された茜の前に浮世離れした美しさを纏う鬼神・伊吹が現れる。「俺と契約しよう。お前の舌が欲しい」そう甘く迫ってくる彼は、身寄りのない茜を彼の和菓子店で雇ってくれるという。しかし伊吹が提示してきた条件は、なんと彼の花嫁になることで…!?祖父の店を取り戻すまでの期限付きで、俺様＆溺愛気質な伊吹との甘くキケンな偽装結婚生活が始まって──。

ISBN978-4-8137-1142-1／定価638円（本体580円+税10%）

スターツ出版文庫　好評発売中!!

『今夜、きみの声が聴こえる～あの夏を忘れない～』　いぬじゅん・著

高２の咲希は、幼馴染の奏太に想いを寄せるも、関係が壊れるのを恐れて告白できずにいた。そんな中、奏太が突然、事故で亡くなってしまう。彼の死を受け止められず苦しむ咲希は、導かれるように、祖母の形見の古いラジオをつける。すると、そこから死んだはずの奏太の声が聴こえ、気づけば事故が起きる前に時間が巻き戻っていて——。咲希は奏太が死ぬ運命を変えようと、何度も時を巻き戻す。しかし、運命を変えるには、代償としてある悲しい決断をする必要があった…。ラスト明かされる予想外の秘密に、涙溢れる感動、再び！

ISBN978-4-8137-1124-7／定価682円（本体620円＋税10%）

『余命一年の君が僕に残してくれたもの』　日野祐希・著

母の死をきっかけに幸せを遠ざけ、希望を見失ってしまった瑞樹。そんなある日、季節外れの転校生・美咲がやってくる。放課後、瑞樹の図書委員の仕事を美咲が手伝ってくれることに。ふたりの距離も縮まってきたところ、美咲の余命がわずかなことを突然打ち明けられ…。「私が死ぬまでにやりたいことに付き合ってほしい」——瑞樹は彼女のために奔走する。でも、彼女にはまだ隠された秘密があった——。人見知りな瑞樹と天真爛漫な美咲。正反対のふたりの期限付き純愛物語。

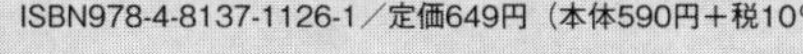

ISBN978-4-8137-1126-1／定価649円（本体590円＋税10%）

『かりそめ夫婦の育神日誌～神様双子、育てます～』　編乃肌・著

同僚に婚約破棄され、職も住まいも全て失ったみずほ。そんなある日、突然現れたのは、水色の瞳に冷ややかさを宿した美神様・水明。そしてみずほは、まだおチビな風神雷神の母親に任命される。しかも、神様を育てるために、水明と夫婦の契りを結ぶことが決定していて…⁉「今日から俺が愛してやるから覚悟しとけよ？」強引な水明の求婚で、いきなり始まったかりそめ家族生活。不器用な母親のみずほだけど、「まぁま、だいちゅき」と懐く雷太と風子。かりそめの関係だったはずが、可愛い子供達と水明に溺愛される毎日で——⁉

ISBN978-4-8137-1125-4／定価682円（本体620円＋税10%）

『後宮妃は龍神の生贄花嫁　五神山物語』　唐澤和希・著

有能な姉と比較され、両親に虐げられて育った黄煉花。後宮入りするも、不運にも煉花は姉の策略で身代わりとして恐ろしい龍神の生贄花嫁に選ばれてしまう。絶望の淵で山奥に向かうと、そこで出迎えてくれたのは見目麗しい男・青嵐だった。期限付きで始まった共同生活だが、徐々に距離は縮まり、ふたりは結ばれる。そして妊娠が発覚！しかし、突然ふたりは無情な運命に引き裂かれ…「彼の子を産みたい」とひとり隠れて産むことを決意するが…。「もう離さない」ふたりの愛の行く末は⁉

ISBN978-4-8137-1127-8／定価660円（本体600円＋税10%）

書店店頭にご希望の本がない場合は、書店にてご注文いただけます。